KB149535

스스로 공부하는 아이로
키우는 법

언택트시대의
초등공부,
DIY가 답이다

이 세상의 아이들이
주도적으로 개척하는
인생을 살길 바라며

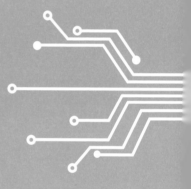

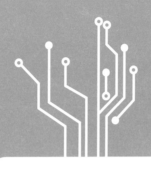

스스로 공부하는 아이로
키우는 법

언택트시대의
초등공부,
DIY가 답이다

우영식 · 임영재 공저

혼자서 공부하지 못하면 아무것도
못 하는 시대가 온다

"아이가 온라인 원격수업을 힘들어해요."

코로나19가 유행하며 우리나라 학교 대부분은 온라인 비대면 원격수업을 실행하였으며, 약 5~6개월이 지나서야 일부 학교가 등교 대면수업으로 전환했습니다. 교육 종사자들은 4~5년 전부터 AI, 빅데이터와 같은 4차산업과 발맞추어 점차 원격수업이 도입될 거라 예상했지만, 예상치 못한 코로나 변수가 그 시기를 급격히 앞당긴 것입니다.

원격수업은 시작 초기에는 다소 혼란을 겪었으나 시간이 흐르며 어느 정도 안정을 찾았고, 향후 코로나 상황이 진정되더라도 온·오프라인 융합 수업이 이뤄지지 않겠느냐는 기대도 낳았습니다.

물론 비대면 원격수업은 예상치 못한 부작용도 드러냈습니다. 학생의 경우 이전 성적 간의, 학생 간의 크게 벌어진 학습 격차를 겪고 있고, 장시간 디지털기기 이용으로 집중력 저하 및 피로감을 많이 호소하고 있습니다.

학부모의 경우 학교에서 담당해 주었던 수업 준비물까지 일일이 챙겨야 하고 공지사항을 놓치거나 과제를 확인하지 못할까 봐, 아이의 학업환경이 무너질까 봐 신경 쓸 일이 더 많아졌습니다. 학업지도나 생활지도를 가정에서 대신하는 데 따른 부담이 커졌습니다.

실제로 한국교육학술정보원에서 발표한 보고서에 따르면 원격수업 문제점을 묻는 말에 초등학생의 66%가 '집중력 저하', '선생님 혹은 친구들과의 소통 부족'을 꼽았습니다. 선생님의 79%는 '아이들 간의 학습 격차가 커졌다.'라고 응답하였으며, 그 원인으로 학생의 자기주도적 학습능력의 차이를 주로 들었습니다.

"점점 늘어가는 스톰비(Honor Student + Zombie)들."

2010년 이후부터 대학 수시모집 비율이 늘어나면서 많은 대학이 자기주도학습 전형을 도입하여 시행해 왔습니다. 시중에는 자기주도

학습 관련 도서가 많이 출판되었고, 이에 발맞추어 가정과 학교에서는 자기주도학습 능력을 배양하려는 붐이 일었습니다.

그럼에도 OECD 국가 국제 학업성취도 평가인 PISA에서 매년 우리나라 아이들의 읽기, 수학, 과학 과목에 대한 성취수준은 높은 반면, 자기주도학습 능력은 낮은 것으로 조사되었습니다. 학습동기도 최하위로 나왔으니, '스톰비(Honor Student + Zombie)'를 즉, 성적은 높으나 스스로 공부하지 않는 학생을 육성하는 게 지금 우리 교육의 현실입니다.

자기주도학습 능력은 간과할 수 없는 인재의 역량이며 자질입니다. 이 능력이 높은 아이는 수동적인 아이보다 문제 해결을 위해 스스로 도전하는 상황을 좋아하고, 높은 호기심과 흥미, 주의집중을 지속하면서 체계적인 공부법을 이용하고, 그로 인해 높은 학업성취와 성공적인 학습 경험을 축적합니다.

자기주도학습 능력은 오늘날과 같은 평생학습 사회를 살아갈 아이들에게 "학습 방법을 학습한다."는 측면에서 매우 필요한 능력입니다. 또 하나의 학습영역으로 우연히 발생하거나 선천적으로 얻어지는 능력이 아니라 스스로 학습과정을 조절하고 노력하는 과정입니다.

저는 이 책에 우리나라 교육부를 비롯해 교육에 관한 공신력을 갖춘 기관, 학자들이 제시한 미래의 인재상과 함께 우리 아이들이 자기주도학습 능력을 길러야 하는 이유와 그 목적, 방향, 방법을 구체적으로 담았습니다.

지금처럼 온라인 원격수업이 원치 않게 강조되는 상황에서 실제 학교현장에서는 온라인 원격수업이 어떻게 이뤄지고 있는지 살펴보았으며, 장기적 관점에서의 아이에 대한 교육관과 미래의 교육상을 담았습니다.

또 아이가 온라인 원격수업을 비롯해 학습에 참여할 때, 주변 환경과 주도적으로 상호작용할 수 있는 방법을 담았습니다. 이를 위해 부모가 해야 할 역할에 대해서도 언급했습니다.

아이와 부모가 함께 구체적인 자기주도학습 능력(DIY, Do it yourself)을 기를 수 있는 방법을 정서, 인지, 신체의 세 가지 영역으로 구분해 본질적으로 기술했습니다. 이 모든 내용은 상호작용과 학습능력이 더 발달한 아이를 만드는 데 거름 역할을 할 것입니다.

"아이가 참 얌전하네요."

얼마 전 우연히 자신의 방으로 조용히 들어가 온라인 원격수업을 듣는 아이의 모습을 보았습니다. 아이는 책상에 앉아 말없이 노트북 화면을 보고 있었는데, 문득 저의 어린 시절이 떠올랐습니다.

저의 부모님은 구석진 마을에서 작은 가게를 운영하셨습니다. 단골손님이 많았던 시절이어서 매일같이 가게를 열어야 했고, 함께 간 변변한 가족여행 사진 한 장 없을 정도로 새벽부터 늦은 저녁까지 바쁜 삶을 사셨습니다. 가게 안에서 살림을 하는 구조였는데, 그 방 한 칸에 TV를 켜놓으면 저는 오랜 시간 그 TV 앞에 앉아있었습니다.

이따금 손님들이 그 모습을 보시곤 아이가 참 얌전하다며 칭찬해 주셨는데 아마도 바쁘게 일하는 부모님을 힘들게 하지 않는다는 이유에서 하신 말씀 같습니다. 지금 생각해 보면 그때의 저처럼 상황을 수동적으로 받아들이기만 하는 모습은 아이들에게는 어울리지 않는 모습입니다. 교육적으로는 말할 것도 없겠지요!

앞으로 더욱 확대될 원격수업이 TV 앞에서 얌전하고 수동적으로 말 잘 듣는 저와 같은 아이를 만들지 않았으면 합니다. 오히려 자신만의 새로운 공부법을 개발하고 흥미와 호기심에 빠져들어 시간 가는 줄 모르는 학습시간이 되길 바랍니다. 자신에 대한 믿음을 충분히 다지고 자신을 둘러싼 환경과 상호작용하며 스스로를 돌아보는 아이로 성장하면 좋겠습니다. 그 마음을 이 책에 담았습니다.

2021년 4월

우영식 · 임영재 공저자

Contents
차례

PART

01

발등에 떨어진 불,
온라인수업에서
살아남기

01 : 이것도 수업인가? 학부모가 뿔났다!

코로나19가 지구상에 나타나지 않았다면, 아마도 지금과는 많이 다른 세상에서 지난봄, 여름, 가을, 겨울을 보냈을 것입니다. 2020년도 우리는 코로나 팬데믹이라는 큰 변화와 충격 속에서 매일 방역당국의 확진자 안내문자를 받으며 걱정과 불안 속에 하루하루를 보냈습니다.

전 세계의 수많은 사람이 코로나19에 감염되었고, 자가격리도 많이 하였습니다. 처음 사용하는 '사회적 거리 두기', 'KF94', '비말 마스크' 등은 일상적인 용어가 되었고, 많은 직장이 원격근무제를 도입하였습니다. 가족구성원 수에 따라 지급되는 재난지원금도 생전처음 받아보았습니다.

한 번도 경험하지 못한 사회·경제적 현상을 겪는 것은 교육 분야도 예외가 아닙니다. 예전 같았으면 3월 2일 새 학기를 맞은 아이들은 학교에서 친구들과 조잘거리며 수다를 떨었을 것입니다. 등교 시간에 늦은 아이는 책가방을 등에 메고 열심히 뛰었을 것이고, 또 다른 아이는 책가방을 버리고 싶은 표정을 지으며 조용히 걸었을 것입니다. 하지만 코로나19의 확산과 함께 아이들이 등교하는 모습을 보기 어려워졌습니다. 마치 실종된 것처럼 말입니다.

이제 아이들은 자기 방 안에 있는 컴퓨터 앞에 모여 앉습니다. 전국의 학교가 2020년 4월 9일부터 순차적으로 온라인 개학을 시작했기 때문입니다. 먼저 학교의 최고 학년인 중·고등학교 3학년이 개학하고, 4월 16일에는 중·고등학교 1~2학년과 초등학교 4~6학년이 개학하였습니다. 마지막으로 초등학교 1~3학년이 4월 20일에 온라인 개학을 하였습니다. 유치원도 교육기관이긴 하지만 온라인 개학 적용 대상에서는 제외되었습니다. 교육부가 원격수업을 적용하기에는 원아들이 어리다고 본 것입니다.

한편, 초등학교 저학년인 1~2학년의 경우, PC, 태블릿 등의 수업 장비를 다루면서 집중해서 공부하기 어렵다고 봐 스마트기기가 없어도 원격수업에 참여할 수 있도록 EBS 방송을 통한 맞춤형 콘텐츠로 국어, 수학, 통합교과, 창의적 체험활동 관련 수업을 제공했습니다. 더해 학습지 등으로 구성된 학습꾸러미를 학교 방문수령 및 우편 등으로 제공받아 학부모와 소통하는 학급방 댓글, 문자메시지로 수행한 과제를 사진으로 찍어 제출하면 담임교사가 이것을 아이의 학업

평가와 기록에 활용하도록 조치했습니다.

참고로 유치원은 법정 수업일수가 180일이며 초·중·고등학교는 190일입니다. 하지만 코로나19로 인해 초·중·고등학교는 법정 수업일수의 10% 이내로 수업감축이 허용되어 180일로 변경되었으며, 수업시간은 기존처럼 40~50분가량의 정해진 시간이 아닌 학교 재량으로 변경되었습니다.

■ 2020학년 초등학교 법정수업일수

법정 수업일	휴업일	
	토요일 및 법정 공휴일	여름·겨울 휴가, 학교장 재량(임시) 휴업
190일	116일	59일

※ 수업일수 감축 범위: 19일   ■ 출처: 교육부

교육부는 휴업 단계별 학습지원 방안도 제시했습니다.

■ 휴업 단계별 학습지원 방안

단계	학습 지원 방안
1단계 휴업 • 학기 개시 후 15일(3주) 이내	수업일수 감축 없는 휴업 • 온라인 학습방 개설 및 예습자료 제공 • EBS 등 학습사이트 안내 • 휴업종료 후 정상수업 준비
2단계 휴업 • 학기 개시 후 16~34일 (3주 초과~7주)	수업일수 감축 허용 휴업 • 온라인 학습방 등을 통한 수업 운영 • EBS 등 사이트를 활용한 자기주도 학습관리 • 수업결손 최소화를 위한 핵심개념 중심 학습자료 개발 제공

3단계 휴업 • 학기 개시 후 35일(7주) 이상	휴업 장기화 대책 수립 • 학교수업 시간표에 준하는 온라인 학습 시스템 구축 운영 추진 • 휴업장기화에 따른 기초학력 지원방안 마련 • 감염증 확산에 따른 휴업기준 등 제시

■출처: 교육부

온라인 개학으로 아이들의 방이 곧 교실이 되었고, 원격수업으로 선택의 여지가 없는 방콕생활이 시작되었습니다. 텅 빈 교실과 운동장은 마치 학교를 폐교처럼 보이게 했습니다.

부모는 매일 아이들의 점심식사가 고민거리가 된 데다가, 학교급식을 닮은 균형 잡힌 식단을 짜야 할 것 같은 부담을 느끼기 시작했습니다. 아이들이 슬기로운 방콕생활을 할 수 있게 규칙적인 일과도 계획합니다. 아이들이 일어날 시간과 잠잘 시간을 정하고, 수업이 끝나면 심심해할 아이들을 위해 방과 후 교사가 되어 집안일도 가르쳐 봅니다.

마스크로 얼굴을 단단히 무장한 채 가까운 공원에 나가 산책하는 일과도 빼놓지 않습니다. 이런 생활이 학교생활이 아닌 홈스쿨링은 아닌지 아리송할 때도 있습니다. 말하자면 가정이 하나의 교육기관이 된 것입니다.

한편, 부모가 일일이 일과를 챙겨주기 힘든 아이들은 또 다른 사각지대에 놓이는 것 같습니다. 서울의 한 초등학교의 경우, 온라인 개학을 한 지난 4월 16일, 긴급돌봄에 참여한 학생이 전보다 42% 증가했습니다.

교육부 조사에 의하면 4월 16일 기준, 긴급돌봄에 참여한 초등학생은 전국 8만 5,000명으로, 등교수업이 무기한 늦춰지면서 긴급돌봄에 참여하는 학생은 지속해서 증가했습니다.

이런 상황은 온라인 원격수업에 따른 학습 격차의 문제 역시 불러일으켰습니다. SNS와 뉴스 기사 댓글에서는 "차라리 등교수업을 하자."라는 목소리와 "코로나19가 계속 기승을 부리니 불안해서 보낼 수 없다."라고 주장하는 목소리가 연일 뒤섞였습니다. 이렇게 짧은 1학기는 어수선하게 마무리되었습니다.

매일같이 들쑥날쑥한 확진자 수를 안내하는 문자가 전송되고, 엄마들은 부족한 학습량을 채우기 위해 아이들을 학원에 보내야 할지 말아야 할지 친한 친구나 이웃은 어떻게 대처하고 있는지 묻곤 합니다.

동시에 맘카페나 단톡방에서는 어느 지역의 모 학교에 다니는 아이가 확진되었다는 둥, 어느 학원에서 확진자가 나왔다는 둥 진위를 알 수 없는 여러 정보가 유통되고, 한 해 동안은 등교를 시키면 안 된다는 얘기도 무성합니다.

하지만 서울시교육청에 따르면 코로나19 관련 조사에서 초등학교 1학년 학부모의 68.4%는 '매일 등교에 찬성한다.' 라고 응답했다고 합니다. 초등학생 2명을 키우는 한 학부모는 원격수업의 부작용이 큰 것을 찬성의 이유로 꼽았습니다. 아이들이 온라인 원격수업 시간에 유튜브를 보거나 게임을 하는데 매번 아이를 지켜볼 수도 없으니 학습능력이 떨어질까 걱정이라고 말했습니다.

또 다른 학부모는 코로나 팬데믹이 언제 종료될지도 모르는데 계속 집에만 있어 학교생활에 적응하고 새로운 친구와 어울릴 시간이 없는 것이 안타깝다고 말했습니다.

초 · 중 · 고 교사를 대상으로 한 교육단체가 진행한 '코로나19가 바꾼 교육 현장 인식조사'에 의하면 현재 원격수업의 완성도에 관한 질문에 '낮다.'라고 응답한 교사는 59%였으며, 현재 학생의 수업 이해도에 대해서는 교사의 70.2%가 '낮다.'라고 응답했다고 합니다.

또한 1학기를 원격수업으로 진행하면서 가장 힘들었던 점에 관한 질문에는 '출석 체크 등 학생 생활관리'라는 응답이 47.4%로 가장 많았으며, 그다음으로 '교육 당국의 모호한 정책', '온 · 오프라인 병행에 따른 이중부담' 순이 많았습니다.

이를 통해 학부모와 교사가 체감하는 2020년 1학기 온라인 원격수업의 모습을 조금이나마 확인할 수 있었습니다. 그럼 이제 실제 원격수업이 어떻게 진행되었는지 현장의 상황을 알아보겠습니다.

02 : 온라인으로 공부할수록 벌어지는 학력 차이

2019년 기준, 우리나라 초등학생 수는 약 63만 3,900명입니다. 코로나19로 개학이 계속 연기되어 아이들은 49일 만에 처음으로 담임 선생님을, 그것도 화면으로 만났습니다. 교육 당국은 발 빠르게 원격수업 운영기준안을 마련하였으며, 주요 내용은 원격수업 운영방식, 출결 및 평가에 대한 내용이었습니다. 아래에서 간단하게 살펴보겠습니다.

교육부는 '원격수업'이란 '교수–학습 활동이 서로 다른 시간 또는 공간에서 이루어지는 수업 형태'를 의미한다고 하였으며, 코로나19로 등교수업이 곤란하여 한시적으로 진행하고, 향후에는 별도 기준을 제시하겠다고 하였습니다. 원격수업의 유형은 실시간 쌍방향 수업, 콘텐츠 활용 중심 수업, 과제 수행 중심 수업으로 하며, 그 외는 교육청 및 학교의 여건에 따라 별도로 정할 수 있다고 하였습니다.

먼저 '실시간 쌍방향 수업'은 네이버 라인 웍스, 구루미, 구글 행아웃, MS팀즈, 줌(ZOOM), 시스코 Webex 등을 활용한 교사, 학생 간 화상수업으로, 실시간 토론 및 소통이 즉각적으로 이루어지는 수업입니다.

'콘텐츠 활용 중심 수업'은 녹화된 강의 혹은 EBS 강좌와 같은 학습 콘텐츠를 시청하고, 교사는 학습 여부를 확인하여 피드백해 주는 수업이며 시청 후에 댓글 등으로 이루어지는 원격 토론도 포함합니다.

'과제 수행 중심 수업'은 교사가 과목별 학업성취 기준에 따라 온라인으로 학생이 자기주도적으로 학습할 수 있는 과제를 제시하고 피드백해 주는 수업입니다.

교육부는 학교는 적정 수업량을 확보하도록 노력해야 하며, 학생의 학습내용 수준과 학습 부담 등을 고려하여 탄력적으로 운영할 수 있다고 하였습니다. 출결은 출석 또는 결석으로만 처리하고, 학습결과 보고서, 학부모 확인서 등의 학습 증빙 자료를 통한 사후 확인 방법과 학교 여건에 따라 문자메시지, 유선통화, LMS(Learning Management System, 학습관리시스템) 등의 실시간 확인 방법 중 선택하도록 하였습니다.

LMS는 아이들의 학습을 지원하고 관리하는 시스템입니다. 온라인 공간에서 아이들의 학습과정을 관리하고 맞춤형 학습환경을 효과적으로 구성할 수 있으며, 주요기능은 출결관리, 학습 콘텐츠 관리, 학습 모니터링, 게시판 등입니다.

■ LMS(학습관리시스템)의 주요기능

구분	기능
학생	공지사항 확인, 학습콘텐츠 시청, 원격수업 출석, 과제물 제출, 토론 · 설문조사 · 질문 등의 커뮤니티 활동 등
교사	수업 콘텐츠 관리, 학습부진자 조회 및 학습 독려, 수업게시판 관리, 개인별 학습시간 확인, 과제물 제출 확인 등
시스템 관리 및 운영	퀵메뉴 배너 등 통합관리, 출석관리, 학습만족도, 수요조사 관리, 학습모니터링, 설문관리, 교육 일정관리, 성적통계관리 등

수업 평가는 등교수업 이후에 실시하는 것을 원칙으로 하지만, 실시간 쌍방향 수업에 한하여 수행평가는 시행 가능하다고 하였습니다. 학생부 기재도 동일하게 등교수업 이후에 실시하지만, 실시간 쌍방향 수업에 한해 수업태도, 참여도 등의 기재는 가능하다고 하였습니다.

그러나 이런 기준에도 불구, 실제 현장에서 이뤄진 모습은 이와는 크게 달랐습니다. 그래서일까요? 경기도의 한 학교에서는 학생들 사이에서 '줌학교'라는 말이 유행했습니다.

이 학교는 수업도구로 줌(ZOOM) 프로그램을 사용하며 모든 원격수업을 '실시간 쌍방향 수업'으로 진행했습니다. 교사들은 아이들이 방에서도 최대한 교실 같은 분위기를 느낄 수 있도록 노력했습니다. 아이가 출석하지 않으면 전화해 줌에 접속하도록 재촉하고 수업내용을 이해하는지 확인하기 위해 매 수업시간 과제를 주고 한 명도 빠짐없이 제출하도록 했습니다. 일일이 피드백도 해주었습니다.

그래서인지 아이들은 등교수업보다 더 힘들다고 말했습니다. 교사들은 서로 온라인 단체 교사 채팅방을 통해 학생들이 수업에 잘 참여하고 있는지, 진행에 어려움은 없었는지 의견도 나누었다고 합니다.

반면 서울의 한 학교는 학부모들 사이에서 '혼공학교'라고 불립니다. 한 초등학교 4학년 학생은 매일 아침 9시면 컴퓨터 앞에 앉아 혼자서 2시간씩 유튜브 영상을 보면서 전 과목을 공부합니다. '콘텐츠 활용 중심 수업'이라고 말할 수 있습니다.

하지만 교사는 학생이 학습을 잘했는지 아닌지를 확인하지 않습니다. 심지어 학생이 온라인 사이트에 과제를 올려도 댓글이나 전화, 문자메시지 등의 피드백도 없습니다. 최근 학부모의 비난이 쇄도하자 이 학교는 실시간 쌍방향 수업을 시작했다고 합니다.

코로나19가 장기화되면서 온라인 원격수업을 하는 학교도 일명 '줌학교'와 '혼공학교'로 나뉘며 학생들의 학습 격차에 대한 우려가 커지고 있는 것입니다.

학교수업은 교육과정에 의해 학년에 따라 배워야 할 내용이 정해져 있습니다. 해당 학년에 필요한 학습이 제대로 이루어지지 않으면 나중에 따라잡기가 매우 어렵습니다. 또, 집에서 오래 고립되어 시간을 보내는 것은 사회적 기술이나 정서발달에 좋지 않은 영향을 미칩니다.

어느 학부모는 이렇게 말합니다. 경제적 여유가 있는 가정의 경우 같은 혼공학교에 다니더라도 온라인 영어 과외, 학습지 과외 등의 사교육을 병행하지만 그렇지 않은 가정의 아이는 제대로 진행되기 힘든 원격수업이 끝나면 온종일 집에서 혼자 컴퓨터 게임을 하거나 잠만 잔다고 말입니다.

얼마 전 국가교육회의가 '미래교육체제 탐색을 위한 조사'에 대해 연구해 발표한 결과에 따르면, 일반 국민과 학부모, 교사 대부분이 코로나19 이후 확대된 원격수업에 대해 가능성보다는 한계를 더 크게 느끼고 있었습니다.

교사 10명 중 9명은 원격수업 확대로 학생들의 사회성 함양이 어려워지고 학력 격차가 심화될 것을 우려하였습니다. 이와 같은 부정적 응답은 학부모와 일반 국민 대상 조사에서도 비슷하게 나타났습니다. 학부모 85.7%와 일반 국민 76.4%는 온라인 원격수업을 통해서는 사회성을 기르기 어려울 것이라고 응답했으며, 학부모 89.6%와 일반 국민 78.4%는 온라인 원격수업 확대가 지속되면 앞으로 학력 격차가 더 커질 것이라고 우려하였습니다.

03 : 실제 온라인수업의 모범 사례

물론 온라인 교육은 교사와 학생이 서로 시공간의 제약을 받지 않기 때문에 사회적 거리 두기가 필요한 지금과 같은 상황에 적합합니다. 하지만 수업이 제대로 이루어지기 위해서는 다음과 같은 점을 고려해야 합니다.

첫째는 대화입니다. 대화는 언어적 상호작용이며 이는 교육적으로 매우 중요합니다. 등교수업과 마찬가지로 원격수업에서도 교사와 학생 간의 상호작용이 존재하고 이루어져야 합니다. 하지만 콘텐츠 활용 중심 수업과 과제 수행 중심 수업에서 이뤄지는 상호작용을 등교수업에서 이뤄지는 상호작용과 비교하면 '대화'의 상호작용이 현저히 떨어집니다. 그래서 교육부는 일선 학교에 실시간 쌍방향 수업을 권장합니다.

대화는 교사가 수업을 제공하고 학생이 반응할 때 일어나는 말, 행동, 아이디어, 상호작용 등을 포함하며, 등교수업과 동일한 실재감을 경험할 수 있어야 하고, 이로 인해 또래 간의 자발적인 학습공동체가 형성되어야 합니다.

하지만 무조건 실시간 쌍방향 수업을 하는 것이 학생들에게 도움을 준다고는 볼 수 없습니다. 다른 유형의 원격수업보다 컴퓨터 등의 전자기기를 장시간 이용해야 하므로 학생들의 피로도가 높아지고 학습 효율성이 떨어질 수 있기 때문입니다.

반면 콘텐츠 활용 중심 수업과 과제 수행 중심 수업은 학습 효율성 측면에서는 유리할 수 있지만, 이는 교과목이나 지역적 특성, 학년에 따라 정도가 다를 수 있습니다.

따라서 교과목과 학년별 특성을 고려하여 세 가지 원격수업의 유형을 혼합해 수업을 진행하는 것이 좋습니다. 원격교육은 평생교육의 이념을 실현할 수 있는 하나의 교육 형태이지만 학습자의 대상과 연령에 따라서 다르게 활용되어야 합니다.

두 번째는 구조입니다. 원격수업을 시작하기 전에 아이들이 멀리서도 스스로 학습을 진행할 수 있도록 모든 것이 사전에 엄격한 틀을 갖춰야 합니다. 즉, 구조화되어 있어야 합니다. 원격수업은 등교수업보다 더 큰 생동감을 필요로 합니다.

같은 공간에 존재하지 않는 상태에서 진행하기 때문에 학습목표부터 수업 과정, 평가에 이르기까지 모든 절차가 고도로 구조화되어야 합니다. 실제 학교 현장에서는 실시간 쌍방향 수업을 잘 진행하는 교사와 EBS 링크를 온라인으로 전달하는 것조차 어려워하는 교사의 양극단이 존재한다고 합니다.

한 고등학교 교감은 "우리 학교의 경우 실시간 쌍방향 수업을 하는 교사는 없고, 자기 수업을 녹화해 올리는 교사도 열 명 중 한두 명"이라며, "파워포인트 자료에 음성을 입혀 올리는 교사가 대부분"이라고 아쉬움을 토로하기도 했습니다.

물론 난생처음 진행하는 원격수업을 위해 영상을 촬영하고 편집해서 올리는 것도 충분히 공들인 일입니다. 영상은 기록으로 남기에 질이 더 우선시되고, 30분짜리 수업 영상을 찍는 데 자막 처리, 파일 압축 등의 과정을 포함해 편집만 서너 시간이 걸리는 데다, 전체적으로는 훨씬 더 많은 시간이 소요될 것입니다. 하지만 이 모든 과정은 좋은 수업을 진행하기 위한 구조화 과정입니다.

세 번째는 자율입니다. 자율은 아이들 자신이 학습의 주체가 되어 스스로 학습진단을 내리고 자신의 목표를 결정하며, 수업과 관련된 학습내용 선택, 공부 방법 및 학습내용 평가 등의 제반 과정을 통제하고 이끌어 나가는 행위, 즉 '자기주도학습'의 실행력을 의미합니다. 그러기 위해서는 언제, 어디서나 아이들이 원할 때 배울 수 있는 자유와 기회가 필요합니다.

온라인 원격수업이 제대로 이루어지기 위해서는 아이들의 학습주도성이 가장 중요합니다. 앞서 언급한 대화 같은 쌍방향 상호작용 정도를 측정하는 '교류거리(Transactional Distance)'와 수업 프로그램의 구조화 정도 역시 아이들의 자율성과 연관이 있습니다.

교류거리가 가까운 아이는 교사와 지속적인 대화를 통하여 지도와 조언을 받을 수 있으며, 아이의 개인적인 요구와 특성, 목표에 따라 융통성 있는 수업 진행도 가능해집니다. 결국 아이들의 자율성을 강조하면 원격교육 프로그램은 덜 구조화되더라도, 오히려 원격교육의 다양한 모습이 나올 수 있습니다.

이 세 가지 성공조건을 갖추기 위해 교육 현장은 발 빠르게 움직였습니다. 몇몇 학교의 운영 사례를 보면 구미에 있는 한 초등학교의 경우, 원격수업 준비를 위해 관련 예산을 조기에 집행하여 캠, 마이크, 크로마키용 그린스크린 구입을 통한 온라인 개학 대비 및 원격수업 환경 구축을 완료하였습니다.

또, 자체적으로 비대면 전 교사 온라인 연수를 진행해 원격수업 진행 역량을 강화하고 사전에 학생 및 학부모 의견을 수렴하여 소통하는 원격수업 계획을 수립하였습니다.

이 학교의 경우, 초등학교 1~2학년은 EBS 방송 시청 및 학습꾸러미를 활용한 수업을 클래스팅(Classting)을 통해 지속적으로 점검하고 피드백도 실시하였습니다. 3~6학년은 유튜브를 중심으로 매일 아침 1교시 실시간 수업을 통해 학생 점검 및 기타 학교의 안내사항을 전달하며 클래스팅을 활용한 출석 체크 및 과제 확인 피드백을 실시하였습니다.

전라남도의 한 학교는 원격수업 질 향상을 위한 기준을 정하고 가장 적합한 플랫폼으로 구글 클래스룸(구글 미트)을 선정하였는데 가장 큰 선정 이유는 이미 교사에게 친숙해서였습니다. 담임교사는 학부모와 직접 통화하여 온라인수업 실태를 조사하였으며, 와이파이 설치 여부 등 온라인수업 가능 여부를 확인하여 원격수업 준비를 완료하였습니다.

1~2학년의 경우 EBS 지상파 TV 방송 시청과 학습지 과제 수행 중심의 원격수업을 실시하였고, 학습꾸러미는 2주 단위로 사전에 편집하여 제본, 인쇄하여 책자로 배포하였습니다. 학습 결손이 우려되는 차시는 향후 등교수업 때 반복 학습을 실시하기로 계획하였습니다.

3~6학년은 구글 클래스룸을 기본 학습 플랫폼으로 실시간 또는 콘텐츠 중심의 원격수업을 실시하였습니다. 조회와 종례 시에는 구글 미트(화상회의)를 활용하여 실시간 상호 인사, 학습 안내 및 정리를 하고 학습 콘텐츠는 동 학년별로 협업하여 제작, 활용하였습니다.

출석 확인은 1~2학년은 학부모가 아침에 밴드로 진행하고, 오후에는 아이들이 과제 수행 결과를 사진으로 전송하기로 하였습니다.

3~6학년은 직접 출석 체크를 진행하였으며, 학생은 매시간 수업종료 후에 질문지를 작성해 '평가'에 제출함으로써 수업 참여 확인이 가능하도록 하였고, 또 '질문' 기능을 활용해 '출석함'을 클릭, 제출하는 방식으로 확인하였습니다. 온라인수업 전에는 사이버 윤리 준수와 저작권 보호 관련 교육을 실시하였습니다.

정리하면 교육부 운영기준안에 따라 온라인 원격수업을 운영한 학교들의 모범사례 속 공통점은 다음과 같습니다.

초등 1~2학년은 오전에 EBS TV를 시청하고 학습꾸러미를 학교에서 받아서 아이가 과제를 다 하면 담임 선생님께 사진을 찍어 보냈습니다. 초등 3~6학년은 학교마다 차이가 있지만 대체로 구글 미트, 줌, 유튜브 등을 활용한 실시간 쌍방향 수업으로는 출석 체크, 학습 안내 등을 진행하고, e학습터, 자체녹화 수업자료, 구글 클래스룸, EBS 등을 활용한 콘텐츠 활용 중심 수업으로 수업을 진행했습니다. 그 외에 카카오톡이나 밴드 등의 SNS 플랫폼을 출석, 과제물 제출 등의 목적으로 보조 활용하기도 했습니다.

자기주도학습 TIP | 온라인 학습 툴 소개

많은 학교에서 사용 중이지만 아직은 생소할 수 있는 구글 클래스룸과 구글 미트 (Google Meet), 줌(ZOOM)에 대해 간단히 살펴보겠습니다.

먼저, 구글 클래스룸은 2014년 8월 처음 세상에 선보인 프로그램입니다. 출석 체크 는 댓글 및 화상통화가 가능한 행아웃, 화상회의가 가능한 구글 미트로 진행합니다. 대체로 많은 학교에서 출석 체크에 구글 미트나 줌을 사용하는데, 그 이유는 교사와 학생이 인사도 나누고 건강상태 등도 실시간으로 체크할 수 있기 때문입니다.

구글 클래스룸의 장점은 구글에서 제공하는 다양한 도구와 결합해 각양각색의 수업 을 구성할 수 있다는 점입니다. 단점은 동영상을 업로드하면 학생의 실제 영상 시청 시간을 알 수 없어 영상별 진도율 확인이 불가능하다는 점입니다.

e학습터, 네이버 밴드, EBS 온라인 클래스, 마이크로소프트 팀즈의 경우, 영상별 진 도 확인이 가능하며, 영상을 건너뛰기로 시청했을 경우 진도율에 반영되지 않는 기 능도 있습니다.

이러한 단점에도 불구하고 구글 클래스룸은 모둠이 동시 접속하여 공동과제 수행이 가능하다는 점과 EBS 온라인 클래스는 400MB, 20분 이하, e학습터는 300MB의 용량 제한이 있지만, 영상 업로드 용량이 무제한이라는 장점을 갖고 있습니다. 마지 막으로 모바일 웹뿐만 아니라 앱도 지원합니다.

실시간 쌍방향 수업에서 많이 사용하는 화상회의 프로그램인 구글 미트와 줌도 비교해 살펴보겠습니다. 구글 미트는 노트북이나 데스크톱 어디서나 브라우저만 있으면 접속 가능합니다.

반면 줌은 프로그램을 설치해야 하며, 브라우저로 접속하면 참여는 가능하지만

	구글 미트	줌
접속 환경	브라우저만 있으면 가능	(공동과제 수행을 위해서는) 프로그램 설치 필요
참여 인원	100명	
시간제한	×	40분
화면 녹화	×	MP4(오디오 M4A 지원)
보안	최고 수준 암호화 지원	보안 문제로 업데이트 필요
타 학습 콘텐츠 영상 연결	바로 연결하기 어려움	영상 클립 재생 가능

호스트는 될 수 없어서 공동과제를 진행해야 한다면 반드시 프로그램을 설치해야 합니다. 무료 버전 구글 미트와 줌 모두 100명까지 초대해 100명이 함께 미팅을 진행할 수 있습니다.

구글 미트는 회의시간 제한이 없는 반면, 줌은 40분의 제한 시간이 있으며, 시간이 종료되면 미팅을 다시 시작해야 해 불편합니다. 화면 녹화 부분은 줌은 비디오는 MP4, 오디오는 M4A로 지원하지만, 구글 미트의 경우 무료 버전은 녹화 기능이 없다는 아쉬움도 있습니다.

마지막으로 보안 문제는 구글 미트의 경우, 구글 G Suite의 일부로 지메일, 구글 캘린더 등과 함께 최고 수준의 암호화를 지원합니다. 그에 비해 줌에는 언론에 보도된 것처럼 심각한 보안 문제가 여러 차례 발견되어 최신 버전의 업데이트가 필요합니다.

줌의 경우, EBS 강좌 영상이나 e학습터 등의 학습 콘텐츠로 바로 연결하지 못하는 구글 클래스룸의 단점을 영상 클립 재생으로 해결해 학교에서 많이 사용합니다.

교사마다 개인적으로 선호하는 학습 툴은 다양할 것입니다. 대표적인 온라인수업 플랫폼인 구글 클래스룸과 구글 미트, 줌에 대해서 살펴보았지만, 이 외에 e 학습터, EBS 온라인 클래스, 위두랑, 마이크로 팀즈 등의 툴에도 조금씩 장단점의 차이가 있으며, 많은 학교에서 활용하고 있습니다.

온라인 원격수업도 실시간 쌍방향, 콘텐츠 활용 중심, 과제 수행 중심으로 유형이 다양하며 각각 장단점이 있듯, 원격수업에 활용되는 플랫폼 역시 다양한 장단점을 가지고 있습니다. 모든 장점이 하나로 통일된 완벽한 플랫폼은 아직 없습니다.

따라서 학교마다 수업유형에 따라 사용하는 플랫폼이 다르며, 같은 학교에 근무하는 교사라도 학교에서 공통으로 채택한 기본 플랫폼 외에 개인적인 출석 체크 플랫폼이나 SNS 등을 함께 수업에 활용하기도 합니다.

■ 온라인 원격수업 플랫폼별 차이

	EBS 온라인 클래스	e학습터	위두랑	Google Classroom	네이버 밴드	Microsoft Teams	KakaoTalk / kakaoTV
출결 확인	· 댓글로 출석체크 가능	· 학습방에 들어가면 자동체크	· 설문조사 또는 과제 기능을 활용하여 출석체크 가능	· 댓글 및 행아웃 meet로 출석체크 가능	· 게시된 출석체크 글에 학생별 버튼 클릭	· 댓글 및 팀즈로 출석체크 가능	· 게시된 출석체크 설문에 학생이 버튼 클릭(talk) 댓글로 가능(TV)
진도율 확인	· 영상별 진도율 확인 가능 · 영상 속도 조정 가능 · 영상 건너뛰기 가능하나 미이수 처리	· 영상별 진도율 확인 가능 · 최초 1회 영상 시청 완료시까지 영상 건너뛰기 불가 · 링크·과제는 열람시 자동 이수	· 학생별 학습활동 내역(게시글, 댓글, 과제제출, 모둠활동 등) 및 엑셀 파일 다운로드로 진도 확인 가능	· 영상별 진도율 확인 불가능	· 영상별 진도율 확인 가능 · 건너뛴 영상 구간은 진도율에 미반영	· 학생별 학습활동 내역(게시글, 댓글, 과제제출, 모둠활동 등) · 영상별 진도율 확인 가능	· 영상별 진도율 확인 불가능
과제물 등록	· 과제물 등록 가능	· 과제물 등록 가능	· 클래스 과제, 모둠 과제 등록 가능 · 과제 평가(별점) 가능 · 과제 제출자 및 미제출자 목록확인 가능	· 과제물 등록 가능 · 모둠이 동시 접속하여 공동 과제 수행 가능	· 과제물 등록 가능 · 과제물을 모둠으로 개별 제출 가능(4.14~)	· 클래스 과제, 모둠 과제 등록 가능 · 루브릭 및 과제 평가와 관리 가능 · 과제제출자 목록확인 가능	· 과제물 등록 가능, 1:1채팅방 개별 제출 가능(talk)
평가문항제작	· 객관식·주관식 문항 제작 및 채점 가능	· 객관식 문항 제작 및 채점 가능(추후 주관식 오픈 예정) · 틀린 문항 다시 풀기 가능	· 설문기능으로 문항 제작 가능 · 학생별 답변결과 관리 가능	· 퀴즈 기능으로 객관식·단답형 문항 제작 가능 · 설문지 기능으로 중간·기말고사 가능	· 설문기능으로 문항 제작 가능	· 객관식·주관식 문항 제작 및 채점 가능	· 투표 기능으로 문항 제작 가능(talk)
영상 삽입 및 용량	· 가능 (400MB이하, 20분 이하)	· 가능 (300MB이하)	· 가능 (1GB이하)	· 가능 (용량 제한 없음)	· 가능 (1GB이하, 1시간 이하, 게시글 당 10개)	· 가능 (용량 제한 없음)	· 가능 (300MB이하(talk), 4GB이하(TV))
실시간 쌍방향 수업				· 행아웃 meet	· 라이브 (한방향만 가능하며, 학생은 메시지로 참여) · 채팅의 그룹콜 기능으로 음성 쌍방향 가능	· 팀즈	· 한방향만 가능하며, 학생은 메시지(라이브)로 또는 채팅(TV)으로 참여
모바일 지원	· 모바일 웹	· 모바일 웹	· 모바일 웹	· 모바일 웹 및 앱	· 모바일 웹 및 앱	· 모바일 웹 및 앱	· 모바일 앱(talk) · 모바일 웹 및 앱(TV)

■ 출처: 교육부

여러분의 아이는 어떤 플랫폼으로 원격수업을 진행하고 있나요? 아이가 사용하는 플랫폼에 대해서 부모가 좀 더 자세히 알고 아이에게 플랫폼의 기능을 설명할 수 있다면 아이가 스스로 콘텐츠 시청 시간을 계획하고 과제물을 제출해 선생님께 피드백을 받는 일이 쉬워질 것입니다. 또, 부모 역시 그 학교와 교사가 주로 어떤 수업유형과 지도방법을 통해 수업을 진행하는지도 알 수 있겠지요.

04 : 온라인 교육, 현실은 모두가 아비규환

철저한 계획, 몇몇 학교의 모범사례에도 불구하고 실제 현장의 모습은 안타깝기 그지없습니다. 온라인 개학 이후, 교육 현장에서는 온라인 원격수업이 EBS 교육방송 활용 등에 그치거나 심하게 말하면 출석 확인이 전부라는 평가가 여전했기 때문입니다.

초기 혼란이 극심했던 EBS 온라인 클래스나 e학습터 등의 접속 문제는 나아졌지만, 처음부터 지금까지 아직도 유튜브 영상 링크를 첨부하고 과제물을 내라고 하는 것이 수업 내용의 전부라는 말이 많습니다.

게다 초등학생과 중학생 대다수는 실시간 쌍방향 강의를 듣지 못하고 있습니다. 교육부는 온라인수업이 잘 진행되고 있다고 말하지만 학부모와 학생들의 반응은 싸늘합니다. 한 교사는 출석 체크를 할 때 "네"라고 대답은 하지만, 학생들이 실제 온라인수업에 참여했다는 증명인 노트 필기, 정리 등의 보고서를 제출하지 않는 경우가 많다고 말합니다.

교육부 방침은 출석 체크만 하고 딴짓을 하거나, 보고서를 제출하지 않아도 출석으로 인정하라고 말하기에 눈 가리고 아웅하는 것 같고, 아이들이 속이는 것을 스스로 방조하는 것 같다고 말합니다.

교육부에 따르면 교사 중 40.9%는 EBS나 녹화강의, 외부자료 등을 이용하는 콘텐츠 활용 중심 수업을 했으며, 10.6%가 과제 수행 중심 수업을 하였고, 실시간 쌍방향 수업 위주로 진행한다는 교사는 5.2%에 불과했습니다. 이 세 유형 중 두 가지 유형 이상을 혼합한다는 응답은 43.3%였는데, 이 중 82.1%는 '과제+콘텐츠 중심 수업'을 한다고 답했습니다. 콘텐츠를 자체 제작한다는 교사는 33%에 그쳤습니다.

한 교사는 학교 현장에선 실시간 쌍방향 수업이 출석과 과제 확인 위주로 진행돼 교사나 학생이나 실시간 쌍방향 수업은 출석용이라는 인식이 강하고, 학생과 통화하니 '진짜 공부'는 학원이나 인강(인터넷 강의)으로 진행한다고 말했다고 합니다.

광주광역시의 한 초등학교 교사는 현재 수준의 온라인수업으로는 학생들의 학업을 이끌고 나가기 힘들다며 학생 중 30%는 과제 등을 내지 않는다고 말했습니다.

'등교 수업 방안' 대국민 브리핑에서 교육부장관은 "지금의 온라인 개학이 성공적이라고 평가하느냐?"는 질문에 "IT 전문가들의 지원 속에서 시스템 운영이 안정화되고 있다고 본다."라고 답했습니다.

하지만 초등학생과 중학생 자녀를 둔 한 학부모는 중학생 아이는 10분짜리 강의를 듣고 학습지 몇 장만 풀면 1시간 안에 수업이 다 끝나고, 초등학생 아이는 수업을 듣게 했더니 되레 유튜브 등의 미디어 노출 시간이 길어져 걱정이라고 말했습니다.

결정적으로 "온라인수업으로 부모들의 출석 확인과 과제 진행에 대한 부담은 커졌지만 정작 학습 결손은 메워지지 않아 고민"이라고 말했습니다. 3명의 초등학생 자녀를 둔 서울의 한 학부모는 2020년 2학기 들어 일대일 영어와 수학 과외를 알아보고 있다고 합니다. 수학과 태권도 학원에 보낸 적은 있어도 일대일 과외는 처음 알아본다고 말합니다.

원격수업으로 인해 하루 중 아이들이 공부하는 시간은 짧아지고 노는 시간만 길어지다 보니 특단의 조치가 필요했던 것입니다.

학교나 정부 차원의 대책도 중요하지만, 원격수업의 특성상 학생 스스로가 공부할 의지와 방법을 지니고 있는지가 등교수업 때보다 더 중요합니다. 교사의 관리, 친구에게서 얻는 자극이 덜한 원격수업에선 상위권 학생들보다 중하위권 학생들의 성적과 공부 체계가 더 흔

들리기 쉽습니다.

실제로 한 중학교 2학년 학생은 1학기 기말고사를 완전히 망쳤는데 그중 특히 수학을 망쳤다고 합니다. 1학년 때는 자유학기제1)라 중간·기말고사가 없었지만, 그래도 문제집을 풀면 80점 이상은 받았는데 말입니다.

그런데 이 학생과 같은 반인 다른 학생도 1학년 때보다 점수가 30점 정도 더 떨어졌다고 합니다. 경기도의 한 중학교 사회교사도 1학기 시험에서 중위권 학생이 거의 소멸했다고 말합니다. 한 반의 절반에 가까운 아이들이 50점 아래를 맞아, 70~80점대가 없어졌다는 것입니다.

서울의 한 초등학교 1학년 담임교사도 낱말을 쓰고 읽는 과정에서의 학습 격차는 원래도 있었지만, 올해는 더 심각해졌다고 말합니다.

한 보도에 따르면 코로나19가 장기화되면서 대부분의 교사가 일방적으로 내용을 전달하는 방식으로 원격수업을 진행하고 있으며, 그렇다 보니 학생들 사이에서 사교육을 통한 보충 수업량이 증가했고, 사교육 정도에 따라 성적이 상위권과 하위권으로 나뉘는 양극화가 나타나고 있다고 합니다.

전국 초·중·고교의 실시간 쌍방향 수업의 비중은 6% 정도로 10명 가운데 한두 명 정도만 실시간 쌍방향 수업에 참여합니다. 교사들

1) 2013년부터 시범적으로 시작하여 2016년 전국의 모든 중학교에 전면 도입된 제도. 한 학기 동안 중간·기말고사 등의 시험을 보지 않고, 동아리, 예술, 체육 등 꿈과 끼를 찾을 수 있는 다양한 활동들을 체험한다.

역시 갑자기 바뀐 수업 방식에 적응하기 쉽지 않기 때문인데, 이로 인해 학생들도 일방적으로 듣기만 하는 원격수업에 참여하게 되므로 학습효과가 떨어집니다.

물론 실시간 쌍방향 수업이 동영상 학습 수업보다 무조건 학생들의 학업성취에 큰 효과를 낸다는 것은 아닙니다. 오히려 초등학생의 발달 단계에는 맞지 않는다는 평가도 있습니다. 교사의 수업 준비 부담을 높이기도 하겠지요.

한 학생의 경우, 스스로 시간을 관리하면서 수업을 들어야 하는 점이 가장 어려웠고, 학교에서 듣는 것보다 집중이 잘 되지 않는다고 말했습니다.

지금 학생들 사이에서는 실제로 학력 양극화가 진행되고 있으며, 시험 결과에서 중위권이었던 학생들이 각각 상위권과 하위권으로 이동하는 현상이 나타나고 있습니다.

앞서 뉴스 기사가 짚었듯, 한 전문가는 이 현상을 중위권 학생들 중 사교육 등을 통해 원격수업의 부족한 학습량을 보충한 학생들은 상위권 진입이 가능했지만, 그렇지 못한 학생들은 하위권으로 가는 속도가 빨라지기 때문이라고 해석했습니다.

또 다른 교육자는 학습 격차는 학습 성취의 격차가 아니라 학습 동기의 격차라고 말하기도 했습니다. 이럴 땐 부모나 교사가 아이들에게 뭘 가르치려 하지 말고 "왜 공부를 해야 하는지", "왜 일정한 시간에 해야 하는지"처럼 아이 스스로 계속 공부할 수 있는 힘과 당위를 길러줘야 한다고 했습니다.

교육전문가들은 지금이라도 온라인수업 내실화에 교육 당국이 직접 나서야 한다고 지적하고 있습니다. 이에 교육부는 실시간 쌍방향 수업의 비중을 높이고 등교수업 횟수도 늘리겠다는 계획이지만 학교 현장의 모습은 너무도 각양각색이며 학교 간 질적, 방식적 차이도 큽니다.

계획한 등교수업도 코로나19가 재확산되면 언제든 다시 중단될 수 있으므로 원격수업의 질을 높이기 위한 대책이 더 시급합니다.

05 : 비현실적인 온라인 교육, DIY로 맞대응하자

2010년에 아이폰이 등장하고 10년이란 세월이 흐르면서 교육 분야에도 많은 변화와 발전이 일어났습니다. 먼저 '창의적인 융합형 인재 육성'이라는 목표가 생겼으며, AI 스피커, 로봇을 활용한 수업이 가능해졌습니다.

유데미(udemy), 에어클래스, 바풀(바로풀기), 클래스팅처럼 학생이 교사가 되고 교사가 학생이 되는 소셜러닝과 구글 익스페디션 파이오니어 프로그램, 이온리얼리티, 게임런 등 실감 나고 재미있는 VR(가상현실), AR(증강현실), 게임러닝 등만 봐도 에듀테크는 많은 발전을 이루어 가고 있습니다.

기존의 교실수업을 흔드는 대안 교육이 또 있습니다. 스마트폰만 있으면 언제 어디서든 누구나 관심 전문분야의 지식을 강의로 공부할 수 있는 MOOC(무크)의 등장이 그것입니다. MOOC는 'Massive Open Online Course'의 줄임말로, '오픈형 온라인 학습과정'을 뜻

합니다. 웹서비스를 기반으로 양방향이 참여하는 거대규모의 교육을 의미합니다.

MOOC는 2001년 MIT에서 'OCW(Open Course Ware) 프로젝트'를 진행하고, 그다음 해인 2002년 일부 정규수업을 인터넷에 공개하면서 시작되었습니다. OCW는 인터넷에 공개된 강의를 듣는 것에 그쳤지만, MOOC는 강의를 들으면서 숙제, 토론, 퀴즈, 시험까지 온라인으로 시행하고 일부의 경우 학점 인정 및 수료증까지 받을 수 있는 쌍방향 학습입니다.

우리나라의 OCW는 한국교육학술정보원(KERIS)에서 운영하는 KOCW, MOOC는 국가평생교육진흥원에서 운영하는 한국형 온라인 공개강좌인 K-MOOC가 대표적인데, 2020년 기준 K-MOOC는 100개 이상의 기관에서 1,000개 이상의 강좌를 제공합니다.

이 'MOOC'라는 용어는 2008년 데이브 코미어(Dave Comier) 교수가 처음 사용하였으며, 2011년 스탠퍼드 대학의 세바스찬 스런(Sebastian Thrun) 교수가 공개한 인공지능 입문 강좌에 15만 명 이상의 수강생이 몰려들면서 본격적인 MOOC의 시대가 열렸다고 할 수 있습니다.

MOOC 이용이 가장 활발한 곳은 미국으로, 세계 3대 MOOC 플랫폼인 코세라(Coursera), 에드엑스(edX), 유다시티(Udacity) 모두 미국에서 만들어졌습니다. 이 중 가장 큰 사이트인 코세라는 스탠퍼드

대학이 주축이 되어 전 세계 100여 개 대학과 협력하며, 설립 1년 만에 170만 명의 수강생이 등록하는 등 빠른 성장 속도를 보여 대표적인 혁신사례로 뽑힙니다.

이외에도 2004년 인도 출신 미국인 살만 칸(Salmon Khan)이 어린 조카에게 수학을 가르쳐 주기 위해 유튜브 영상을 제작하여 올린 것이 시초가 되어 초·중·고교 수준의 수학, 과학, 예술 등의 분야의 4,000개 이상의 동영상을 제공하는 칸 아카데미(Khan Academy)도 있습니다.

■ MOOC 관련 기관

coursera	edX	UDACITY	K-MOOC	Khan Academy
코세라	에드엑스	유다시티	케이무크	칸아카데미
2012년 개설한 세계 최대의 MOOC 플랫폼으로 2021년 기준 스탠퍼드대, 예일대, KAIST 등 세계 200개 대학 및 회사, 개설 과목 5,100여 개, 수강생 7,700만 명이 참여하고 있음	2012년 MIT와 하버드의 과학자들이 설립하였으며 2021년 기준 서울대 등 세계 160개 대학 및 회사, 개설 과목 2,800개 이상, 수강생 3,400만 명이 참여하고 있음	2011년 스탠퍼드대 세바스찬 스런 교수 등이 설립하였으며 그는 구글의 자율주행차 기술을 개발하는데 크게 기여함, 6개월에서 1년과정을 이수하는 '나노디그리(Nanodegree)' 프로그램 운영	2015년 한국형 온라인 공개강좌 K-MOOC 서비스를 도입하여 2021년 기준 서울대 등 140개 대학 및 기관, 개설 과목 1,100개, 수강생 170만 명이 참여하고 있음	2006년 살만 칸이 인터넷에서 그의 사촌에게 수학을 가르치면서 시작됨, 현재 수학, 과학, 경제학, 인문학, 역사, 소프트웨어 등을 가르치고 있으며 빌게이츠도 그의 아들과 함께 강의를 듣고 후원하고 있음

■ 출처 : 위키피디아

MOOC 외에도 '거꾸로 학습'인 플립러닝형 수업이 활성화되고 있습니다. '플립러닝'은 집에서 온라인수업을 하고 학교에서 교사, 동료와 함께 심화 및 실습학습을 하는 등 온라인을 통한 선행학습 이후 오프라인으로 토론, 과제 풀이 등을 진행하는 기존의 방식을 뒤집은 '역진행 수업 방식'으로, '거꾸로 학습', '반전 학습' 등으로 번역됩니다.

또, 짧은 기간 내 교육내용을 마스터할 수 있고 유수기업 채용과 연계되어 있는 나노디그리 프로그램, 철저한 역량중심 교육과 강의실 하나 없는 100% 온라인수업으로 세계 유명 대학과 어깨를 나란히 하는 벤 넬슨이 설립한 미네르바 스쿨도 있습니다. 스스로 마음만 먹으면 무엇이든 배우고 익히는 세상이 된 것이죠!

게다가 코로나19의 갑작스러운 등장으로 2020년 온라인 교육은 기존 교실수업의 보조재가 아닌 대체재 역할을 하게 되었고, 단기적 임시방편이 아니라 언제든지 상시 전환하여 운영할 수 있는 뉴노멀 교육방법이 되었습니다.

앞으로 온라인 교육은 아이들이 그룹으로 활동하며 함께 배우는 상호교류가 활발한 수업으로 시행되어야 하며, 정해진 시간과 공간에서 시간표에 의해 돌아가는 수업이 아니라 다양한 학습방식을 학생 스스로의 체계에 맞춰 자율적으로 경험하도록 세심하게 설계되어야 합니다.

언제 어디서나 학생 스스로 교육을 계획하고 실행할 수 있는 온라인 교육은 기존 교육의 틀을 깨고, 학생 중심, 실천 중심의 다양한 형태로 더 변화할 것입니다. 앞으로 아이들의 '자기주도학습 능력'은 그만큼 주요한 의제가 될 것입니다.

실제 교육부와 한국교육학술정보원이 실시한 '원격교육 실태조사'에서 65%의 교사는 학력 격차의 원인으로 '학생들의 자기주도학습 능력의 차이'를 꼽았습니다. 교사는 실시간 쌍방향 수업과 같은 수업유형도 학력 격차에 큰 영향을 줄 수 있지만 가장 큰 영향은 아니라고 보았습니다.

즉, 온라인 교육에서 자기주도 학습력이 학습에 꼭 필요한 역량이며, 아이들이 자신의 학습에 얼마나 독립적인 주도권을 가지고 스스로 학습법을 터득해 가고 있는지, 습관 형성이 잘 되었는지가 더 중요하다는 것입니다.

이 주장을 뒷받침하는 연구도 있습니다. '원격교육에서 자기주도 학습준비도 및 학습동기가 학습성취도에 미치는 영향에 관한 연구'에서 자기주도 학습준비도의 점수가 높을수록 학습동기 요인의 점수도 높아지는 경향이 있었으며, 자기주도 학습력에 따라 원격교육 효과에도 차이가 나타났습니다.

자기주도 학습력의 수준이 높은 집단은 온라인 교육 만족도, 온라인 교육 지속성, 학습성취도도 전부 높았습니다.

이번 코로나19로 인한 온라인 교육 경험은 앞으로의 교육 방향이 학생 개개인 삶의 주도성을 향상시키고, 교육 당국 및 모든 사회 구성원이 이를 지원하는 체제로 나아가야 한다는 것을 말해주었습니다.

결론적으로 성공적인 원격수업을 위해 필요한 학습역량은 주도적인 학습능력과 지속성 있는 학습동기, 학습환경과의 활발한 상호작용이며, 이 세 가지 요건은 각자가 독립적이기보다 강하게 상호의존적인 관계입니다.

미국의 학자 말콤 노울즈(Malcolm Knowles)는 자기주도학습을 "학습자가 다른 사람의 도움 여부와는 상관없이, 스스로 자신의 학습 욕구를 진단하고 학습목표를 설정하고 실행하여 성취한 학습 결과를 스스로 평가하는 과정에서 학습자가 주도적인 역할을 수행하는 학습능력"이라고 정의하였습니다.

흔히 자기주도학습에 대해 잘못 아는 내용 중에 타인의 도움 없이 무조건 혼자 공부하는 것을 자기주도학습이라고 생각하는 분이 많습니다. 하지만 자기주도학습은 외부 학습환경과의 상호작용을 통해 서로 영향을 주고받으면서 주도성을 키워가는 것을 말합니다.

'외부 학습환경'에는 모든 인적 및 물적 자원, 교사나 부모까지도 포함됩니다. 더해 유튜브, 네이버, 노트 필기도구, 스마트폰, TV 같은 교육매체나 도구, 교실환경, 학습시간 등도 포함됩니다. 이 모든 것의 통제 및 활용력을 포괄하는 의미가 '자기주도학습 능력'인 것입니다.

결과적으로 종합하면 스스로 무언가를 질문하고 창조하는 힘을 길러내지 못한다면 코로나19가 끝난 후로도 많은 것이 온라인 중심, 온라인 친화적으로 이루어질 앞으로의 학습환경에서 아이들은 성장하고 발전할 기회를 창조하기 어려울 것입니다.

이는 코로나19가 던진 화두일 뿐, 코로나19가 결정한 방향성은 아닙니다. 결국, 이 책에서 궁극적으로 강조하려 하는 스스로 할 수 있는 'DIY(Do It Yourself)' 능력은 아이가 공부하는 상황에서 자기 스스로 또는 학습조력자(또는 학습코치)와의 상호작용을 통해 자신의 학습 전체를 주도하고 관리하며 이루어가는 학습능력이라고 말할 수 있습니다.

즉, 자기주도학습에 교사나 부모의 직접적인 개입은 필요하지 않다는 생각은 잘못된 생각이며, 교사나 부모는 수업 후 아이 스스로 공부의 목적과 방향, 내용, 분량을 설계할 수 있도록 과목별 공부 방법과 지침을 알려주어 아이가 교육내용과 방향을 잘 습득하고 따라가도록 도움을 주어야 합니다.

부모와 아이 모두 처음에는 낯설겠지만, 이 DIY 능력을 제대로 갖추

면 이전과는 비교할 수 없는 능력이 키워지는 세상으로 아이는 이미

한 발자국 들어선 후일 것입니다.

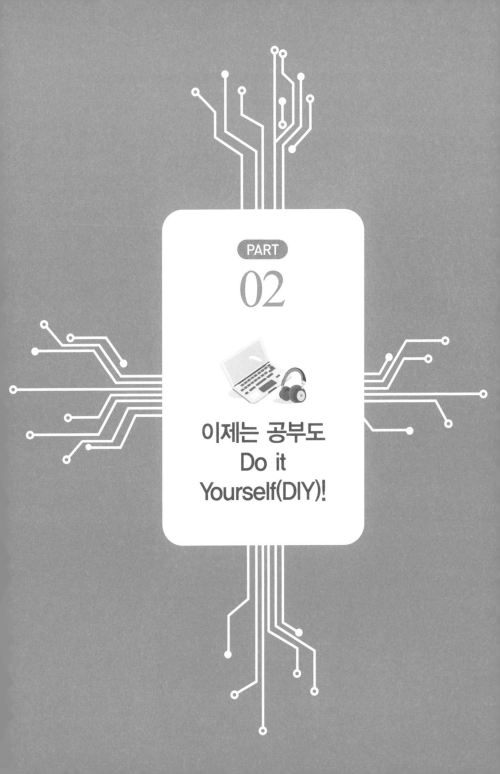

PART

02

이제는 공부도
Do it
Yourself(DIY)!

01 ▪ 학업 성취! DIY로 쑥쑥

스스로 학습, 자기교육, 자율학습, 자기조절, 자기관리 등의 용어와 혼용해서 사용되는 '자기주도학습'의 개념은 1960년대 휼(Houle) 교수의 「탐구하는 마음」이라는 저서에서 대두되었고, 그의 제자인 터프(Tough)로부터 본격적인 연구가 시작되었으며, 노울즈(Knowles)에 의해 체계화되었습니다.

자기주도학습의 의미는 시대적 흐름에 따라 과거에는 인지 혹은 메타인지에서 동기영역으로 확장되었으며, 최근에는 행동적 측면까지 포함하는 통합적인 개념으로 사용됩니다. 정리하면 자기주도학습은 동기영역, 인지영역, 행동영역의 세 가지로 구성된다고 말할 수 있습니다.

동기영역은 공부를 하게 하고 공부의 방향, 수준과 강도를 결정하는 영역입니다. 예를 들어 성공에 대한 기대, 공부에 대한 자신감 등 공부의 목적과 관련된 영역입니다.

인지영역은 아이가 공부 내용을 기억하고 이해하는 것에 그치지 않고 아는 지식을 스스로 점검하고 조절하는 영역입니다. 이 영역은 인지와 메타인지로 구분합니다. 인지에는 학습한 내용을 암기하거나 소리 내어 읽는 것을 말하는 리허설(또는 시연), 학습한 내용 간의 관계성을 찾는 정교화, 학습한 내용을 논리적으로 구성해 보는 조직화가 포함됩니다.

메타인지(Metacognition)에는 공부 과정에 대한 계획, 이해하기 어려운 내용이 있으면 천천히 읽거나 되돌아가서 꼼꼼히 다시 읽는 조절, 현재 자신의 이해 정도를 확인하는 점검 등이 포함됩니다.

마지막 행동영역은 자발적, 주도적으로 공부하는 영역을 말합니다. 공부하며 생기는 어려움에도 포기하지 않고 공부를 지속하기 위해 학습 행동을 조절하는 행동 통제를 예로 들 수 있습니다.

만약 아이가 공부량에 따라 수면 시간을 조절하거나, 친구와의 약속을 미룬다면 스스로 공부를 잘하고 있다는 증거입니다. 과제의 우선순위를 정하고 시간과 자원을 효율적으로 활용하면서 과제를 수행하는 것도 비슷한 맥락에서 이해하면 됩니다.

자신의 힘으로 해결하기 어려운 과제에 부딪혔을 때, 주변 사람에게 도움을 구하거나 자료를 찾는 '적극적이고 긍정적인 도움 구하기'도 이러한 자기주도학습의 행동적 전형입니다.

미국의 교육심리학자인 배리 짐머먼(Barry Zimmerman)은 자기주도 학습과 학업 성취도의 관계를 연구하였습니다. 연구 결과, 자기주도적 학습능력이 높은 학생이 낮은 학생보다 과제 수행에서 성공적인 결과를 보이는 것으로 나타났습니다.

또한 최근 여러 연구를 통해 온라인 교육에서 자기주도학습이 학업 성취에 긍정적인 영향을 미친다는 점이 밝혀졌고, 특히 인지영역 중 메타인지 부분이 학습 만족도에 영향을 미친다는 사실이 밝혀졌습니다.

한 연구자의 '초등학교 수학과제' 연구 역시 메타인지 활용이 문제 이해력, 문제 해결력, 문제해결의 정확성, 자신감 등의 영역에서 높은 성취도를 보임을 발견했습니다.

또 다른 연구는 목표지향성과 학업 성취도와의 관계분석 결과, 자신의 유능함을 개발하고 발전시키거나 과제를 숙달하는 것에 중점을 두는 숙달목표가 높은 학생이 다른 사람, 즉 유능함을 증명하거나 드러내는 방향의 수행목표가 높은 학생보다 학업 성취도가 높다는 결론을 얻었습니다. 다음 도표에는 메타인지 능력을 높이는 질문들입니다.

초등학생을 대상으로 한 '온라인 학습환경에서 멘토의 피드백이 자기주도학습, 학업성취에 미치는 영향에 대한 연구'에서는 인지영역

■ 메타인지 능력을 높이는 질문들

단계별	질문 내용
계획	나의 공부 목표는 무엇인가? 지금 공부한 내용으로 앞으로 무엇을 하고 싶은가? 나하고 가장 관계 깊은 공부 분야는 무엇인가? 지금 공부하는 주제에 대한 사전 지식이 있는가? 이 주제에 대해 궁금한 점이 있는가? 공부한 내용을 사용(활용)하기까지 얼마의 시간이 필요한가?
점검	이해하지 못한 부분이 있는가? 공부한 내용을 안 보고도 말할 수 있는가? 어려운 문제를 어떻게 해결했는가? 문제 해결에 필요한 추가적인 도움을 얻을 때 어떤 노력을 하였는가? 기억해야 할 내용과 그 내용을 기억할 방법은 무엇인가? 원하는 결과를 얻기 위해 어떤 노력을 하였는가?
평가	공부 목표를 달성하였는가? 공부에 도움을 준 방법은 무엇인가? 공부하는 데 어떤 어려움이 있었는가? 지금 공부하는 내용을 배우려는 친구에게 어떤 조언을 해주고 싶은가?

■ 출처: TD Korea 재인용

과 동기영역이 학업성취와 관계가 있는 것으로 나타났습니다.

'중학교 수학에서 웹을 이용한 자기주도적 학습이 학생들의 학업 성취도 및 학습태도에 미치는 영향에 대한 연구'는 교사주도 학습보다 자기주도학습의 결과가 평균 4.765점 향상되어 효과가 있는 것으로 나타났습니다.

'자기주도적 학습 도구로서의 웹 기반 교육의 적합성 및 나아갈 방향을 고찰한 연구' 보고에 의하면 자기주도적 학습의 특징인 학생의 개인차를 중시하고 개별화하는 것과 웹 기반 학습의 특징이 잘 부합한다고 합니다.

한편, 경기도에서는 초 · 중 · 고등학생과 초 · 중등교사, 교수 및 연구자가 한자리에 모여 학습자 주도성 발현의 촉진요인과 저해요인에 대해 각자 본인의 의견을 발표한 적이 있습니다.

여기서 초등학생이 생각하는 학습 촉진요인은 1순위가 '사고의 촉진상황'이었으며, 2순위는 '분명한 목표'였습니다. 3순위는 '권위 있고 신뢰할 수 있는 교사', 마지막 4순위는 '다른 생각에 대한 여지'였습니다.

저해요인으로는 1순위가 '정답이 정해진 수업'이었으며, 2순위는 '강압적이거나 지나치게 친구 같은 교사'였고, 3순위는 '피곤함, 배고픔 등의 신체 상태', 마지막 4순위는 '산만한 분위기'였습니다.

결과를 살펴보면 아이들 역시 스스로 학습상황을 통제하기를 바라고 있는 듯이 보입니다. 또한, 아이들 역시 공부의 목표가 무엇인지 스스로 먼저 이해하고 받아들이기를 희망합니다. 즉, 자신의 의지가 공부하는 과정에 반영될 때 아이들은 더 높은 성취와 성취감을 얻습니다.

02 : 학교 적응! DIY로 술술

최근 코로나19의 여파로 학업 등 주변 환경에 잘 적응하지 못하는 초등학생이 증가하는 현상은 가정과 학교뿐 아니라 사회적으로 심각한 문제를 야기할 것입니다. 초등학교 시기 부적응은 중·고등학교를 마치고 성인이 되어 사회생활을 할 때도 장애로 작용할 가능성이 높습니다.

지금까지 이루어져 온 대학입시 위주의 경쟁적 학교 교육 역시 학생들의 학습태도와 올바른 학업수행을 방해하였습니다. 목표로 하는 학업성취를 이루지 못하면 학교 적응력이 떨어진 것은 물론입니다. 아이들의 학교 적응을 다각도에서 향상시키기 위해서는 외부 간섭이나 통제 없이도 스스로 학습할 수 있는 능동적인 동기유발과 학습과정을 스스로 주도해 나가는 자기주도적인 학습태도가 필요하고, 이를 길러줄 필요가 있습니다.

자기주도학습은 학교 교육에서 학습효과를 높이는 데 중요한 역할을 하며 원활한 학교생활, 학교 적응과도 밀접한 관련이 있습니다. '학교 적응'은 아이가 학교생활을 하며 접하는 여러 상황에 바람직하게 대처하거나 갈등을 합리적으로 해결해 나가는 행동 과정을 말합니다.

이는 학업적 적응, 사회적 적응, 정의적 적응으로 구분되며, 학업적 적응은 학생이 학교 수업이나 학습활동에 적극적으로 참여하고 노력을 기울여 학습을 방해하는 요인들을 통제하고 주의를 집중하는 행동 과정을 의미합니다.

사회적 적응은 학교에서 또래 친구, 교사와의 관계를 원만하고 조화롭게 유지하기 위해 필요한 모든 사회적인 행동을 의미합니다. 정의적 적응은 학생이 느끼는 학교생활의 선호도와 학교활동 관련 만족도를 의미합니다.

초등학생을 대상으로 한 연구에서 자기주도학습 프로그램이 학교 적응을 돕는다는 결과가 나온 바 있습니다.

다른 연구 결과에서는 자기주도학습과 학업적 적응 사이에 서로 밀접한 관련성이 있으며, 사회적 적응, 정의적 적응과도 의미 있는 수준으로 관련성이 있다는 내용이 밝혀지기도 했습니다. 자기주도학습과 학교 적응 사이에는 전반적으로 매우 깊은 연관이 있는 것입니다.

초등학생을 대상으로 자기주도학습과 학교 적응의 관계를 좀 더 구체적으로 연구한 자료에 따르면 여학생이 남학생보다 자기주도적 학습능력과 학교 적응 수준이 높았습니다. 남자아이를 키우는 가정의 더 많은 배려와 관심이 필요합니다.

학년별 기준으로는 3학년이 6학년보다 자기주도학습과 학교 적응 수준이 모두 높았습니다. 하지만 학업 스트레스와 공간관리 능력은 6학년이 더 높았는데, 이는 학습경험이 축적된 결과라고 볼 수 있습니다.

또, 자신의 성적을 높게 인식하는 학생일수록 자기주도적 학습능력과 학교적응 수준이 모두 높았습니다. 따라서 아이가 성적을 높게 인식할 수 있도록 교사와 부모의 지속적인 칭찬과 격려가 필요합니다.

혹시 자신의 성적을 낮게 인식하는 학생이 있다면 공부에 대한 자신감을 향상시키기 위한 방안으로 자기주도학습 프로그램에 적극적으로 참여하게 하는 것도 좋겠습니다. 여기에 아이가 능동적인 학습을 이어가도록 교사와 부모가 지도와 관심을 기울인다면 아이의 학교 적응에도 도움이 될 것입니다.

또, 독서를 많이 한 학생일수록 자기주도적 학습능력과 학교 적응 수준이 뛰어난 것으로 나타났으며, 국가수준의 학업 성취도 평가에서는 중 · 고등학생보다 초등학생의 독서량이 학업 성취도에 더 많은 영향을 주는 것으로 나타났습니다.

초등학생 때부터 책 읽는 습관을 형성하면 큰 학습효과를 내며, 학교 적응에도 직·간접적인 영향을 줍니다. 가정에서는 아이의 발달 시기에 맞는 유용한 책 읽기를 습관화하기 위해 노력해야 하며 부모는 독서의 필요성을 아이에게 인식시켜야 합니다.

■ 가정에서 책 읽는 습관 기르는 법

방법	내용
글의 흐름 파악	글을 읽기 전에 문단, 문장 길이, 문장 부호 등 전체 흐름을 파악하여 논지를 쉽게 이해하는 훈련을 한다.
단어로 미리 읽기	습관적으로 글에 등장하는 주요 낱말과 어휘는 따로 노트에 적어놓고, 공부한다.
글의 연관성 이해	지문의 중심이 되는 어휘를 찾아 이해한 뒤엔, 해당 어휘들이 글의 중심 내용과 어떻게 연결되는지 이해한다.
음독	지문의 중심이 되는 어휘를 찾아 이해한 뒤엔, 해당 어휘들이 글의 중심 내용과 어떻게 연결되는지 이해한다.
반복하기	읽은 내용을 반복하여 읽으면서 다양한 글 유형에 적응한다.

■ 출처: 구몬학습 재인용

이 밖에는 게임하는 시간이 적은 학생일수록 자기주도적 학습능력과 학교 적응 수준의 평균이 높았습니다. 게임 시간은 남학생이 여학생보다 많았습니다. 또, 6학년이 3학년보다 많이 하는 경향을 보였습니다. 가정에서는 공부방 주변 환경을 개선하고자 많은 관심을 기울이고 컴퓨터 책상의 자리 배치가 적절한지 고심해야 할 것입니다.

부모와의 대화량에 따른 차이 분석에서는 부모와 매일 대화하는 학생일수록 자기주도적 학습능력과 학교 적응도의 평균이 높다는 결과가 나왔습니다. 국가수준 학업 성취도 평가 연구에서도 같은 결과가 나타났습니다.

자녀가 부모와의 대화를 자연스럽고 평안하게 느끼도록 부드러운 분위기를 유지하며 짧은 시간이라도 자주 대화를 나누는 것이 좋습니다.

방과 후 보호자의 유무에 따른 차이를 살펴보면 방과 후 함께할 보호자가 있는 학생들의 자기주도적 학습능력과 학교 적응도가 높았습니다.

따라서 방과 후 보호자가 없는 가정일수록 학생들이 방과 후 혼자 집에 있는 시간을 최대한 줄이고 방과 후 활동을 통해 또래 친구들과 어울릴 수 있도록 세심한 지도가 필요합니다.

정리하면, 자기주도학습은 학업성과 자체에도 도움을 줄 뿐 아니라 학교생활을 무리 없이 수행하는 데에도 큰 영향을 미칩니다. 아이가 스스로 공부할 수 있는 기반인 '계획하고 실행하고 평가하는 능력'을 길러주는 일은 더없이 중요합니다.

03 : 공부 욕심! DIY로 콸콸

아이가 공부를 시작하고 지속하는 힘, '공부의 에너자이
저'를 우리는 흔히 동기라고 부릅니다. 이는 내적 동기와 외
적 동기로 구분할 수 있는데, "공부가 즐겁고 재미있다."라며 공부
자체를 좋아하는 경우는 내적 동기가 높은 상태입니다.
반면 시험을 100점 맞으면 새 스마트폰을 살 수 있어서, 혹은 반대
로 성적이 나쁘면 부모에게 혼나서 공부하려는 것이라면 외적 동기
가 높은 상태입니다.

사회심리학자인 데시(Deci)와 라이언(Ryan)은 내적 동기와 외적 동기
가 서로 보완하는 관계라고 보았으며 연속선상에서 이를 외적 동기,
부과된 동기, 확인된 동기, 통합된 동기 등으로 세분화하였습니다.
하나씩 살펴보면 외적 동기는 상으로 스티커를 받거나 벌로 청소를
하는 등 외적인 환경 요인에 의해 생긴 동기를 말합니다. 앞서 말씀

드린 예시와 같습니다. 부과된 동기는 반드시 보상을 받거나 벌을 받기 때문에 공부하는 것은 아니지만, 공부를 하면 부모님이 좋아하리라 생각하기 때문에 하는 동기를 말합니다.

확인된 동기는 공부하는 것은 원하는 목표 또는 비전을 이루기 위해서 필요하다고 스스로 신념처럼 가지고 있는 동기입니다. 통합된 동기는 공부하는 것 자체에 흥미를 느끼는 동기를 말합니다. 앞서 말씀드린 내적 동기와 잘 구분되지 않아 일부 연구자들은 내적 동기와 동일하게 취급하기도 합니다.

내적 동기로 접근하는 힘은 사소해도 성취하고 싶은 욕구(유능성), 내 인생의 주인은 나라는 욕구(자율성), 다른 사람과의 관계에서 가치 있는 존재로 인정받고 싶은 욕구(관계성)에서 기인합니다.

이 욕구들이 충족될수록 내적 동기로 접근해 가며, 외적 동기에서 내적 동기로 접근해 갈수록 스스로 목표를 설정하고 학업성취를 이루며 필요에 따라서는 목표나 계획을 수정하거나 발전시키는 능력이 향상됩니다.

초등학생을 대상으로 한 '공부 동기와 자기주도적 학습능력의 관계에 대한 연구'에서 공부 동기는 자기주도학습 능력에 영향을 주었으며 외적 동기와 부과된 동기가 높을수록 자기주도학습 능력이 낮았고, 확인, 통합된 동기와 내적 동기가 높을수록 자기주도학습 능력이 높았습니다.

데시(Deci)와 라이언(Ryan)의 연구에서도 공부 동기와 자기주도적 학습은 상당한 관련성이 있었습니다. 연구자는 학생들의 동기를 유발하고 자신의 능력과 수준에 맞도록 학습 조절이 가능하다면 학업 성취도도 역시 향상된다고 하였습니다.

핀트리치(Pintrich)는 스스로 유능하다고 믿는 학생들이 그렇지 못한 학생들에 비해 공부하는 과정에서 자기주도적 학습능력의 인지 및 메타인지 영역을 더 많이 사용하였으며 학업성취 수준도 높았다고 하였습니다.

공부의 과정에서는 목표에 도달하기까지 수많은 성공과 실패가 반복됩니다. 시험 성적이 예상했던 점수이거나 더 높다면 소소한 성공감을 경험하지만, 예상했던 점수보다 더 안 좋게 나오거나 심지어 충격적이기까지 하다면 실패감을 경험할 것입니다.

실패감을 경험한 학생들이 이후에 보이는 정서적 대처방식은 다양합니다. 어떤 학생은 안 좋은 성적으로 인해 오랫동안 무기력감에 빠지는가 하면 반대로 어떤 학생은 안 좋은 성적이 학습 동기가 되어 더욱 노력하기도 합니다.

교육학자 클리포드(Clifford)는 이런 차이를 가져오는 것이 학생마다 가지고 있는 학업 실패에 대한 내성이 다르기 때문이며 실패에 대한 내성이 높을수록 부정적 감정의 정도가 낮으며 실패를 극복하려는 계획수립 및 대책 마련 등의 행동을 통해 어려운 과제에 도전하는 것을 선호한다고 했습니다.

이와 비슷한 의미로 자아탄력성(Ego-resilience)이 있는데, 심리학자 가메지(Garmezy)와 루터(Rutter)가 어린이들이 환경적 어려움과 스트레스 상황에서 잘 적응하며 스트레스의 저항성을 가지고 있는 것을 발견하고 '탄력성'이라는 용어를 처음 언급하면서 사용되기 시작하였습니다.

'자아탄력성'이란 환경적인 어려움이나 스트레스 상황을 겪고 나서 다시 원래 상태로 회복하는 능력, 이전의 상태로 돌아오고 유지하는 적응 능력을 말합니다. 이 자아탄력성이 높으면 공부 스트레스나 시험 점수가 안 좋은 상황에서도 융통성 있는 대처를 할 수 있다고 합니다.

아이들의 정서 및 심리발달에 있어 가족 관계와 또래 관계의 환경은 매우 중요합니다. 자아탄력성을 측정하는 검사는 다양하지만 보통 대인관계, 활력성, 감정통제, 낙관성 등을 확인합니다. 그중 일부 문항은 다음과 같습니다.

한편, 교육학자 켈리(Kelly)는 대부분의 학생이 시험 결과의 원인으로 능력, 노력, 운, 과제 난이도 등을 꼽았다고 했습니다.

시험 성적이 좋지 않은 이유를 능력 부족이라고 생각하는 아이라면

■ 자아탄력성 검사 일부 문항

번호	문항
1	나는 친구의 말을 존중한다.
2	나는 친구들을 보면 상냥하게 말을 건넨다.
3	나는 화가 나면 욕을 한다.
4	나는 어려운 일이 있어도 결국 잘될 것이라고 생각한다.
5	나는 친구에게 고민이 생기면 내 일처럼 함께 고민한다.
6	나는 우울할 때보다 즐거울 때가 많다.
7	나는 친구와 싸운 경우 그 친구의 입장에서 다시 생각한다.
8	나는 친구의 나쁜 점보다도 좋은 점을 발견한다.
9	나는 내가 잘못한 경우 먼저 사과한다.
10	나는 어떤 일이 있을 때 앞장서서 한다.
11	나는 어떤 일을 할 때 결과를 미리 생각해 본다.
12	나는 시험을 못 보았더라도 다음번에는 더 잘할 수 있다고 생각한다.

■ 출처: Block&Kremen, O' Connell Higgins

공부를 체념하거나 무관심해질 것이지만, 노력 부족 탓이라고 생각한다면 수치심을 느끼면서도 미래에는 노력에 따라 결과가 달라질 수 있을 것이라 기대하기에 더 열심히 공부할 가능성이 커진다고 말합니다.

따라서 부모는 아이가 자신의 시험 성적이 좋지 않은 원인을 노력의 문제로 생각한다면, 노력에 따라 결과는 언제든지 달라질 수 있음을 다양한 정보를 제공하여 충분히 설명할 필요가 있습니다.

반대로 노력을 충분히 했는데도 좋은 결과를 얻지 못했다고 생각한 다면 노력만 계속하는 것은 의미가 없을 수 있다는 것도 알려줘야 합니다. 그럴 때는 오히려 공부 방법을 점검하거나 전문가로부터 학습 상담을 받아보거나 자기주도학습 프로그램에 참여해 다양한 학습전략을 배워보는 것이 효과적입니다.

즉, "교과목에 맞는 공부법을 선택했는가?", "시험 유형에 맞는 방법으로 대비하였는가?", "자신의 수준에 맞는 방법이었는가?", "지금 상황에 맞는 공부법인가?" 등의 기준을 통해 스스로 학습 방향을 점검하거나 전문가의 피드백을 받아보길 권장합니다.

또 부모가 아이의 학습 상황을 확인이나 점검만 하기보다 더 관심을 가지고 피드백해 주었을 때 아이의 학업 성취도가 올라간다는 연구 결과도 있습니다.

따라서 아이가 노력한 과거에 대한 피드백, 또는 아이가 노력해야 할 미래에 대해 부모가 피드백해 주면 좋습니다. "열심히 공부했구나!", "더 열심히 할 필요가 있겠구나!"와 같이 말이지요.

결국 아이의 학습에 대한 이와 같은 전략적인 접근은 시험 결과와 그에 따른 의미를 스스로 통제하도록 도와주며, 공부를 포기하지 않고 지속적인 노력을 가능하게 하는 계기를 마련합니다.

04 : 상상 창조! DIY로 꿈틀

 "시험은 100점이 만점이야. 아무리 독창적으로 문제를 잘 풀어도 100점을 넘을 수 없어."라고 말한다면 아이들은 문제를 대할 때 상상력과 창의성을 발휘하기보다는 만점을 받기 위해 작은 실수라도 하지 않고자 안간힘을 쓸 것입니다.

하지만 "새롭고 어려운 문제에 도전해 문제를 풀었을 때 만점 이상의 점수도 받을 수 있다."라고 말해 준다면 아이들의 생각하는 힘, 즉, 상상력과 창의성은 더 크게 자극받을 것이고 공부에 대한 생각과 마음도 더 긍정적으로 변할 것입니다.

교육부는 초·중학생이 살아가면서 해야 할 일을 성공적으로 수행하기 위해 필요한 가장 기본적인 능력으로 자기관리 능력, 지식정보처리능력, 심미적 감성능력, 창의적 사고능력을 제시하였습니다.

여기서 창의적 사고능력은 폭넓은 기초지식을 바탕으로 다양한 전문분야 지식, 기술, 경험을 융합하고 활용하여 새로운 결과물을 창출하는 능력을 의미합니다. 우리 미래 교육의 핵심목표도 이러한 능력을 갖춘 창의융합인재를 육성하는 것이지요.

많은 학자도 창의성 교육이 영재교육의 핵심이자 가장 중요한 교육이라고 강조합니다. 교육학자인 프랑소와 가네(Francoys Gagne)는 영재성과 재능을 구분하면서 영재를 정의하는 네 가지 영역의 하나로 창의성을 언급하기도 했습니다.

우리나라는 2000년도 초반 '영재교육 진흥종합계획'을 시행하였으며, 2020년 기준, 영재교육을 받는 초등학생은 전체 학생 중 1%인 4만 명 정도입니다. 영재교육원과 영재학급 등 영재교육기관은 1,750개 정도로, 대상자는 단계적인 관찰 과정을 거쳐 선발합니다.

영재성 검사의 4개 유형 중에는 창의성 유형 문항이 있고, 창의적 문제해결력 검사와 심층면접 등을 거쳐 최종 대상자를 선발합니다. 대부분의 영재교육기관은 학생 간의 협력학습에 바탕을 둔 토의 · 토론, 프로젝트 학습 중심의 수업을 진행하며, 흥미로운 활동과 실험실습 위주의 수업으로 학생들의 창의성 발현과 자기주도학습 능력 향상에 기여하고 있습니다.

대표적인 창의력 연구 학자인 길포드(Guilford)는 창의성이란 "새롭고 신기한 것을 낳는 힘"이라고 말하였고, 사전에서는 '새로운 생각이나 방안을 만들어 내는 능력이나 특성'이라고 설명합니다.

학자마다 제안하는 창의성을 높이는 방법은 조금씩 다르지만 보통 유창성, 융통성, 독창성, 정교성을 공통으로 꼽습니다.

유창성은 말 그대로 아이디어를 다양하게 *끄집어내는* 능력입니다. 융통성은 머릿속에서 *끄집어낸* 아이디어나 문제에 대한 다양한 해결책을 생각해 내는 능력이고, 독창성은 이전에는 없던 신기한 아이디어를 *끄집어내는* 능력을 말합니다. 정교성은 무언가를 예전보다 더 나은 활용 가치로 발전시키는 능력입니다.

아이들은 창의성을 요구하는 문제해결 과정을 통해 스스로 문제를 점검하고 계획하고 수행하면서 창의적인 산출물을 만들고, 마지막에는 자신의 활동을 평가하면서 자기주도적인 학습활동을 합니다.

초등 영재 학생을 대상으로 한 '창의성과 자기주도학습 능력과의 관계'에 대한 연구는 창의성을 구성하는 호기심, 독자성, 창의적 지식 추구가 자기주도학습 능력과 깊은 관련성이 있다고 보고합니다.

또 창의성이 높을수록 공부 자신감에 긍정적인 영향을 주며 이것이 자기주도학습의 능력 및 태도를 향상시키는 데 도움을 주었다는 연구 결과도 있습니다.

그래서 어떤 학자는 창의성을 '융통성과 독창성, 호기심과 인내심을 가지고 학습을 자기주도적으로 계획하고 실행하며 평가하는 일련의 과정을 거치면서 습득되는 특성'이라고 말하기도 합니다.

요즘처럼 원격수업이 전면화되었을 때는 스스로 공부 시간을 조절하고 계획하며 수업 내용이 어렵거나 좀 더 알고 싶은 호기심이 생기는 부분을 인터넷이나 자료 검색 등으로 바로 확인하면 교실에서 수업할 때보다 오히려 더 자기주도적이고 창의적인 학습이 가능합니다.

지금은 거의 시대적인 요구가 되어버린 자기주도학습 태도 및 능력이지만, 그만큼 더 어린 시기에 창의성을 성장시키면 훗날 어떤 문제 상황에 직면했을 때 아이가 자신을 이끌어 가고, 문제를 해결하는 데 힘이 되어 줄 것입니다.

한편, 서울시교육청은 '서울문화재단과 함께 운영한 어린이 창의예술교육 프로그램의 효과성'을 분석한 결과, 창의성 검사에서 연극, 무용, 미술수업이 학생들의 창의성을 높이는 효과를 냈다고 발표하였습니다. 예술 활동을 통해 국어 · 수학 · 과학 등의 교과목을 수업하는 '예술융합교육', 즉, 융합 STEAM[2] 교육에 대한 관심은 높아지고 있습니다.

영국의 교육회사인 아티스 에듀케이션(Artis Education)의 창립자인 레베카 보일(Rebecca Boyle)은 예술융합교육 프로그램이 학생들의 창의력, 자기 표현력, 팀워크, 의사소통능력,

[2] 미국과 영국에서는 과학기술 분야의 인재를 확보하기 위해 스템(STEM) 교육을 실시한다. 이는 과학(S), 기술(T), 공학(E), 수학(M) 등 4개 분야에 각각 중점을 두는데, 우리나라는 이에 인문 · 예술(A) 요소를 덧붙여 창의성을 기르는 STEAM 교육을 실시하고 있다.

자신감 등을 기르는 데 효과를 내고 있다고 말합니다.

현대 미술교육에 큰 영향을 준 로웬펠드(Lowenfeld) 교수는 "스스로 생각하는 자기주도적인 아이는 머리에 떠오르는 어떤 것이든 표현할 수 있을 뿐 아니라 생활에서 대면하는 문제도 직접 해결하려고 한다. 즉, 창의적 표현은 자유와 융통성을 만든다."라고 말합니다.

그러므로 부모는 아이가 자신의 인생을 성공적으로 끌고 갈 수 있는 주도성을 지닌 창의적인 아이로 성장하도록 최선을 다해 도와주어야 합니다.

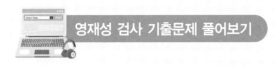

(1) 이 글은 재미를 위해 쓴 글입니다. 이를 고려하여 (   ) 안에 다양하게 글을 채워 넣어보세요.

임금 : "네가 지금껏 나를 즐겁게 해줬으니 죽을 방법을 택하게 해줄 것이다."
재담꾼 : "은혜로운 임금님, 저는 (   )"

(2) 과거 나무로 만든 바퀴가 고무 재질로 대체된 이유를 설명하고, 고무 타이어의 단점을 보완할 방법을 찾아 설명해 보세요.

----

(3) 다음 도형을 모양과 크기가 같은 조각으로 나누어 보세요. (6조각, 8조각, 9조각)

(4) 수컷 공작새의 깃털이 화려해지는 이유를 설명하고, 화려한 깃털 때문에 생기는 천적의 공격을 방어할 수 있는 방법을 설명해 보세요.

----

(5) 닭과 귤의 공통점을 가능한 한 많이 나열해 보세요.

----

(6) 선희는 신발을 사러 백화점 신발 가게에 갔습니다. 마음에 드는 신발을 고른 후 마침 집에 갈 시간이 되어 엘리베이터를 보니 문이 열려 있어 엘리베이터 안으로 빨리 뛰어 들어갔습니다. 그런데 점원이 "잠깐만요!"라고 외쳤습니다. 그 이유가 무엇인지 다양하게 써보세요.

----

(7) 정육면체 모서리의 되는 지점을 연결한 선을 따라 꼭짓점을 모두 자르세요. 이렇게 만든 입체도형을 굴리다가 정확히 반을 잉크에 담갔다 뺍니다. 이 입체도형의 전개도를 그려보세요.

(8) 3명의 학생이 부모님이 계시지 않는 친구를 돕기 위해 매일 2시간씩 샌드위치 장사를 하려고 합니다. 이때, 고려해야 할 점을 많이 쓰고, 중요한 순서대로 쓰세요.

----

(9) 한글의 자음 또는 모음 3개를 사용해서 사물의 그림을 그려보세요.

(10) 디지털 책과 종이책 중 어떤 종류의 책이 좋을지 자신의 의견을 정하고, 그 이유를 설명해 보세요.

----

05 : 공부 용기! DIY로 팡팡

요즘 인스타그램과 같은 SNS의 해시태그에서 '갬성 있는', '갬성 충만한', '갬성 터지는' 처럼 '갬성' 이라는 말을 자주 접합니다. 갬성은 '개인의 감성' 의 줄임말이지요. 이처럼 우리 모두는 감성주의 시대에 살고 있습니다.

20년 전쯤 세계적인 심리학자 대니얼 골먼(Daniel Goleman)이 쓴 「감성지능」이라는 책을 통해 EQ(Emotional Intelligence Quotient) 개념이 대중적으로 알려졌고, '감성지능 이론' 은 모든 학문 분야의 패러다임을 바꾸면서 '감성혁명' 을 일으켰습니다.

골먼은 "오늘날 우리들은 얼마나 영리한가 혹은 전문지식이 얼마나 많은가 뿐만 아니라, 나와 상대방의 감정을 얼마나 잘 조율할 수 있는가가 새로운 척도로 평가받고 있다."라고 말하며 "감성지능(EQ)이 IQ보다 중요하고, 이 EQ는 학습을 통해 계발할 수 있다."라고 말합니다.

처음 EQ가 소개될 당시에는 EQ가 높으면 감성적이고 예민한 사람이라는 의미로 많이 왜곡되어 사용되었습니다. 그래서 이후 EQ를 감성지능이 아닌 정서지능이라는 용어로 사용하게 되었습니다.

정서지능은 '정서를 얼마나 똑똑하게 잘 다루는가에 관련한 능력'으로, 자신과 다른 사람의 감정을 인식하고 구별하며, 그 정보를 이용해 자신의 사고와 행동을 이끄는 능력을 말합니다.

골먼은 정서지능이 "좌절 상황에도 자신을 동기화시키고, 지켜내며, 충동의 통제와 지연을 가능하게 하고, 기분 상태나 스트레스로 인해 합리적인 사고를 억누르지 않게 하며, 타인에 대해 공감하며 희망을 버리지 않는 능력"이라고 말하였습니다.

실제로 학교생활을 포함한 사회생활에서 IQ는 4~25% 정도의 영향을 주는 데 반해 자신감, 자기 주도성, 대인관계기술, 공감 능력 등을 포함하는 EQ는 성공에 결정적인 영향을 미친다고 합니다.

정서지능 측정 항목은 자신의 정서를 인식하고 조절하는 능력, 정서 지식을 활용하고 촉진하는 능력, 상대방을 향한 감정이입 및 표현하는 능력 등으로 구성되어 있습니다. 일부 문항은 다음과 같습니다.

「낙관성학습」의 저자인 마틴 셀리그만(Martin E. P. Seligman) 교수에 따르면 학교 성적과 IQ 점수로 선발한 사원과 낙관성 검사 점수로

■ 정서지능 검사 일부 문항

번호	문항
1	나는 다른 사람의 표정이나 말투만으로도 기분이나 감정을 잘 알아차리는 편이다.
2	나는 내 친구에게 기분 나쁜 일이 생기면 같이 기분이 언짢고 속상하다.
3	나는 일이나 행동을 선택할 때 이후에 일어날 상황과 감정을 생각해 보는 편이다.
4	나는 어떤 사람을 사랑하는 동시에 미워할 수 있다고 생각한다.
5	나는 내가 느끼는 감정이나 기분을 잘 조절하는 편이다.
6	나는 그림이나 음악 속에 포함되어 있는 감정을 잘 이해하는 편이다.
7	나는 따돌림을 받거나 외톨이로 지내는 아이를 보면 불쌍하고 마음이 아프다.
8	나는 중요하다고 생각하는 일을 하기 위해 감정을 잘 조절하는 편이다.
9	나는 경외심(공경하면서도 두려운 감정)이나 두려움이 복잡한 감정이라고 생각한다.
10	나는 누군가에게 화가 나면 그 일이 잊히지 않고 계속해서 떠오르곤 한다.

■ 출처: Mayer&Salovey

선발한 사원 중에서는 낙관성 점수로 선발된 사원이 좌절하지 않고 위기를 잘 극복하였으며 시간이 지날수록 높은 실적을 보였다고 합니다.

「마인드셋」의 저자인 캐럴 드웩(Carol S. Dweck) 교수는 능력은 변하지 않는다고 믿는 '고정 마인드셋'을 가진 사람들이 능력은 얼마든지 발전시킬 수 있다고 믿는 '성장 마인드셋'을 가진 사람들에 비해 성공 가능성이 확연히 낮다고 말합니다.

대다수의 교육학자는 초등학생이 중학교로 진학하여 학업 부담과 스트레스를 이겨내기 위해서는 학습태도와 정서가 무엇보다 중요하며 공부 자신감이야말로 아이의 인생에서 가장 중요한 가치라고 강조합니다.

그렇기에 부모는 "네가 그럼 그렇지!", "옆집 아이는 똑똑하던데, 넌 누굴 닮아서…"와 같은 말로 아이의 정서지능과 자존감을 떨어뜨리면 안 되며, "잘할 줄 알았어!", "역시 잘했어!", "앞으로 더 잘할 것 같은데?"처럼 아이 스스로 "나는 잘할 수 있다."라고 느끼도록 해주어야 합니다.

정서지능은 자유롭게 선택하고 실수도 하고 재도전하면서 다시 선택하는 과정 속에서 성장합니다. 부모가 "이렇게 해! 저렇게 해!"라고 정답을 제시하는 것이 아니라 "이런 것과 저런 것이 있는데 너는 어떤 거로 할래?"라고 질문하고 충분히 기다려 주어야 합니다.

아이가 자신의 정서지능을 발달시킬 수 있도록 선택할 기회와 시간적 여유를 제공하는 것이 오히려 훗날 좌절감에 빠진 아이가 스스로 "난 잘할 수 있다."라고 용기와 자존감을 회복하기 위해 오랜 시간을 보내야 하는 것보다 더 효율적입니다.

또, 부모가 아이와 동등한 입장에서 "이런 상황에서 무엇을 하면 좋을까?"라고 아이의 의견을 물어보면, 한 가지 결정을 내리는 과정에서 아이가 자신의 주장을 논리적으로 말하고 설득하는 습관이 길러져 자존감과 정서지능을 발달시킬 수 있습니다.

부모는 아이 스스로 노력하면 성공할 수 있는 약간 어려운 수준의 목표를 함께 계획하여 아이가 더 많은 성공 경험을 갖도록 도와주어야 합니다.

예컨대 책을 잘 안 읽는 아이와 '하루에 책 한 권 읽기'를 목표로 삼고, 아이가 달성하면 '미션 성공'이라고 충분히 기뻐하며 말해주어야 합니다. 만약 내 아이의 말과 행동이 다른 아이에 비해 느리고 소심한 성격인 것 같아도 절대 나무라거나 꾸짖으면 안 됩니다. 다른 아이보다 더 신중하고 세심한 성격이라고 생각하고 긍정적으로 표현하려고 노력해야 합니다.

또, 아이에게 칭찬할 경우에는 "잘했어."와 같은 추상적인 표현보다는 구체적인 표현으로 말해주는 것이 좋습니다. "방 청소를 잘했어.", "심부름을 잘했어.", "청소를 도와줘서 고마워.", "목마른데 물을 따라 가져다줘서 고마워."처럼 말입니다. 특히 "고맙다."라는 말은 아이의 자존감을 높입니다.

모든 면에서 비슷한 쌍둥이 아이를 두고 한 아이에게는 칭찬과 격려를 아끼지 않으면서 다른 아이에게는 비난과 꾸지람을 일삼는다면 어떻게 될까요? 누구라도 칭찬과 격려를 받은 아이의 성적은 올라가지만, 비난과 꾸지람을 받은 아이는 성적이 떨어질 것이라고 쉽게 예측할 수 있습니다.

외국의 한 심리학자는 '쥐의 미로 찾기 실험'에서 정성을 다해 키운 쥐 그룹은 미로를 잘 빠져나왔지만, 소홀히 취급한 쥐 그룹은 미로를 잘 헤쳐 나오지 못한 것을 통해 아이에 대한 기대와 믿음의 중요성을 강조하였습니다. 이를 '피그말리온 효과'라고 하지요.

한때 호아킴 데 포사다(Joachim de Posada)가 쓴 「마시멜로 이야기」라는 책을 통해 월터 미셸(Walter Mischell) 교수의 '스탠퍼드 마시멜로 실험'이 세상의 주목을 받았습니다. 아이들에게 마시멜로 한 개를 준 뒤에 15분 동안 먹지 않고 참으면 두 개의 마시멜로를 준다고 약속하고 아이들을 관찰한 결과 30%의 아이들만 유혹을 참았다는 것입니다.

유혹을 참은 아이들은 그 이후에 뛰어난 SAT 성적과 학업 성취도를 보였습니다. 이뿐만 아니라 성인이 되어서도 사회적으로 성공한 삶을 살았다고 합니다. 이는 자신의 행동과 감정을 잘 조절하는 능력, 즉 정서지능이 삶을 살아가는 동안에 인생의 모습과 방향을 바꾸어 놓을 정도로 중요하다는 사실을 말해줍니다.

자신의 행동과 감정이 부모를 포함한 타인에게 도움과 기쁨을 주었다는 근거를 얻고, 자신을 대견하게 느낄 정도로 마음이 자랄 때 아이들은 자신의 소중함과 가치를 깨닫습니다. 결국 아이들의 정서를 자극하고 강화하는 DIY 교육을 통해 스스로 도전하고 학습하는 용기를 키워주면, 아이들은 자연히 미래의 꿈을 찾아 도전하는 멋지고 용기 있는 마음의 힘도 키우게 되지요.

PART

03

첫 번째 DIY 전략 :
아이와
마음을 나눌 것

01 : 공부에 여행의 내비게이션을 작동시키자

누구나 일상을 벗어나 여행하기를 좋아하리라 생각합니다. 저도 틈틈이 가족과 함께 여행을 많이 다니는데, 아마 제가 어렸을 때 부모님과 여행 간 기억이 거의 없어서 더욱 열심히 다니지 않나 싶습니다.

제 지인 중 가족과 여행하며 사진 찍는 것을 좋아하는 분이 있는데, 그분이 말하길 많은 사람이 내비게이션에 목적지를 입력하고 목적지에 도착하면 그것을 '여행의 시작'으로 생각한다고 합니다. 여러분은 여행의 시작점을 어디로 생각하시나요?

사실 여행은 계획하고 준비할 때 이미 시작되며, 목적지를 향해 가는 과정 그 자체도 여행이지요. 가는 길에 차가 막히면 어쩌나 하는 생각에 새벽 일찍 일어나 떠날 준비를 하고, 도착지에 다다를 때까지 열심히 달립니다.

간혹 휴게소에 들르는 것 빼고는 차에서 내릴 일이 없고, 차는 계속 달리고, 아이들은 차 안에서 금세 잠을 청합니다. 조용한 라디오의 음악소리가 졸음을 쫓아내고 목적지는 서서히 가까워집니다. 이 모든 것이 여행의 순간, 아닐까요?

생각해 보면 공부는 여행과 비슷합니다. 새로운 곳을 탐색하고 알아 간다는 점, 동반자가 있을 때 더 즐겁고 힘이 난다는 점, 여러 지점을 거치는 그 과정 자체를 즐길 때 더 좋다는 점, 힘든 순간이 있다는 점 등에서 그렇습니다.

실제로 여행과 공부의 공통점이 많아서 여행을 인식하는 차이에 따라 공부에 대한 태도 역시 짐작할 수 있다고 합니다. 아이의 공부 욕심, 공부 성향을 안다면 부모가 아이와 관계를 긍정적으로 유지하면서 아이를 학습을 적절히 도와주는 데 유용하게 활용할 좋은 방안도 생기겠지요.

여행을 단순히 즐겁게 노는 것이라고 말하는 아이도 있고, 체험학습처럼 공부라고 말하는 아이도 있습니다. 보물섬 탐험으로 여기는 아이도 있고, 자연 경치를 구경하는 일이라고 말하는 아이도 있을 것입니다. 이렇듯 여행에 대한 인식은 크게 다섯 개로 나눌 수 있는데, 그에 따른 공부 성향은 다음과 같습니다.

① 여행을 단순히 노는 시간이라고 생각하는 아이

만약에 여행을 단순히 노는 시간이라고 생각하는 아이라면 이 아이는 자유 욕구가 강한 아이입니다. 활발하고 두뇌 회전이 빨라 새로운 놀이를 만들어서 또래 아이들과 놀기 좋아하는 솔직한 아이입니다. 친구 사이에서 의리가 있고, 스케일도 크죠.

이 아이는 공부도 놀이처럼 신나게 하는 것을 좋아합니다. 공부 시간은 짧게, 집중적으로 시키는 것이 좋습니다.

② 여행을 체험학습처럼 공부로 생각하는 아이

여행을 체험학습처럼 생각하는 아이는 배우는 자세가 있는 아이입니다. 책임감이 강하며 성실한 아이, 시키는 것을 잘하고자 노력하는 아이로 존중받아야 성장하는 아이입니다.

이 아이는 한 번에 한 가지씩 단계적으로 공부하는 것을 좋아합니다. 기억력이 뛰어나며 효과적으로 공부하는 방법을 가르친다면 공부를 잘하는 아이가 될 것입니다.

③ 여행을 호기심을 채우는 탐험이라고 생각하는 아이

만약에 여행을 재미 가득한 호기심을 채우는 탐험이라고 생각하는 아이라면 알고 싶은 것이 많아 좋아하는 것이 있으면 푹 빠지는 성향이 있습니다. 생각이 깊어서 끝이 없습니다. 또래에 대한 관심은 별로 없지요.

이 아이는 멀티플레이어가 가능한 아이로, 마음 놓고 질문할 수 있는 분위기를 좋아하며, 공부를 잘하는 친구와 어울리게 하여 공부를 해야 하는 이유를 가르쳐 주는 것이 좋습니다.

④ 여행을 자연 경치 구경이라고 생각하는 아이

여행을 자연 경치를 구경하는 일이라고 생각하는 아이라면 상상력과 감수성이 풍부한 아이이며, 콩 한 쪽도 나눠주고 싶어 하는 사랑이 많은 아이입니다. 진정한 친구를 원하며 칭찬받아야 성장하는 아이입니다.

이 아이는 공부하기 전의 기분도 중요하지만 공부 환경도 중요합니다. 공부하기 위한 준비 시간도 긴 편입니다. 작은 성공감을 자주 가질 수 있도록 칭찬을 많이 해주는 것이 좋습니다.

이렇게 여행에 대한 아이의 마음과 태도에서 아이의 공부 성향과 접근법도 알아볼 수 있습니다. 아이의 공부 성향을 알면 그 성향에 맞춰 공부법을 달리 제안해 주어야 DIY 근력도 쉽게 생깁니다. 아이에게 맞는 방식이므로 그만큼 목표를 성취하기도 더 쉬워집니다.

아이의 생각을 확인하려고 질문할 때는 유의할 점이 있습니다. 우선 취조하듯이 질문하면 안 됩니다. 흐르는 물처럼 지나가는 말투로 가볍게 물어보고, 추임새를 넣어 반응해 주면 됩니다. 또, "예" 또는 "아니오" 식의 대답을 요구하면 안 됩니다.

여행에서 가는 과정이 어쩌면 더 중요하듯이 결과가 아닌 과정에 대해 질문해야 합니다. 과정을 알아야 아이를 이해할 수 있기 때문입니다. 대화와 질문을 통해 아이에 대해 알아가는 것은 좋지만 지속되기 위해서는 개방적이어야 합니다. 아래는 개방적인 질문을 하는 몇 가지 방법입니다.

■ 아이에게 개방적인 질문을 하는 방법

번호	문항
1	아이가 질문에 대해 스스로 생각하고 답하게 한다. 즉, 답을 제공하지 않는다.
2	현재형과 미래형으로 질문한다. 과거로 회기하지 않는다.
3	질문을 위해 분위기를 조성하고, 가급적 갑작스러운 질문은 피한다.
4	아이의 이야기를 경청하고 진심으로 반응한 후에 질문한다.
5	아이의 호기심과 탐구능력을 신뢰하는 마음으로 질문한다.
6	말이 끝나기 전에 일부만 듣고 예상하지 않는다.
7	질문한 뒤, 아이의 답이 나올 때까지 마냥 기다리지 않는다.
8	질문을 하기 위한 형식적인 질문이 아닌 꼭 필요한 질문만 한다.
9	아이가 추구하는 가치를 의심하지 않고 존중한다.
10	조언이 필요하다면, 두 가지 이상을 제시하여 아이가 선택하도록 한다.

■ 출처: 「질문하는 힘」, 권귀헌, 스마트북스

자, 그럼 이제 몇 가지 질문을 던져서 공부에 대한 아이의 생각을 알아보겠습니다. 아이에게 공부에서 IQ가 중요하다고 생각하는지, 노력이 중요하다고 생각하는지 물어보세요. 그리고 "IQ가 중요하다."라고 답한다면 어느 정도의 중요성을 차지한다고 생각하는지도 물어보세요.

또, 공부하면 떠오르는 감정이 무엇이고, 현재 공부에 대해 스트레스받는 점, 어려운 점은 무엇인지 물어보세요. 아주 가볍게 말이죠. 즉, 아이의 공부 성향을 이해하고 아이가 생각하는 공부의 이미지를 먼저 알아보고자 하는 부모의 마음이 여행의 시작입니다.

차 안에서 아이에게 가볍게 물어보면 좋을 것 같습니다. 우선 "요즘 공부하는 거 힘들지 않아?"라고 서두를 띄우며 공부에 지치고 힘들었을 아이의 마음부터 먼저 위로해 주면 어떨까요?

02 : 마음의 힘이 커야 공부할 때 행복하다

공부 목표에 관한 재미있는 연구를 하나 소개하겠습니다. 초등학생을 대상으로 2분간 윗몸일으키기를 하도록 한 실험인데요. 한 집단의 아이들에게는 측정 전 2분 동안 몇 개를 할 것인지 목표를 세우도록 하였고, 다른 집단의 아이들에게는 목표 얘기를 하지 않았습니다. 결과는 어땠을까요?

목표를 세우고 윗몸일으키기를 한 집단이 그렇지 않은 집단보다 훨씬 많은 윗몸일으키기를 했습니다. 공부함에 있어 목표가 얼마나 중요한지 짐작하게 하는 대목입니다. 배우고 싶은 마음에서 공부를 시작한다면 공부는 지식을 습득하는 과정이고, 노력이 중요해집니다.

하지만 막연한 노력은 지속되기 어렵고, 노력만으로 성취감을 얻기는 힘듭니다. 그렇다고 현재의 공부 수준에 안주하고 만족한다면 그 이상 발전하기 어려울 것입니다.

따라서 목표하는 공부 수준과 현재 공부 수준 간의 불일치는 발생해야 하며, 아이를 그 불일치에 집중시켜야 합니다. 목표에 집중한다는 것은 마치 포수가 나뭇가지 끝에 앉은 참새를 향해 집중해서 총을 겨누는 모습과 같습니다.

목표는 공부하고자 하는 마음의 힘에 자극을 주어 더 강하고 지속적인 노력을 가능하게 합니다. 여기서 공부하고자 하는 마음의 힘은 공부 욕심이고, 목표는 곧 자극으로, 이 자극은 목표를 성취하기 위해 필요한 공부 목표로 이어진다고 할 수 있지요. 이 공부 목표는 아이가 도전해 볼 만하다고 느낄 정도로 약간은 어렵되 구체적이어야 합니다.

아이가 공부의 목표를 정하면 그 목표로 가는 여행길은 다양합니다. 많은 길 중 앞서 살펴보았듯 아이의 성향에 맞는 길을 선택해 아이에게 맞는 공부법을 활용하면서 목표를 향해 나아갈 수 있으며, 목표를 정할 때는 아래 4가지 사항을 고려해야 지속 가능합니다.

학습목표를 정할 때 고려할 4가지 사항

① 현실적으로 도달 가능한 목표인가?

첫째는 현실적으로 도달 가능한 목표인지를 고려해야 합니다. 적어도 도달 가능성이 70% 이상이어야 합니다. 과거에 이미 달성해 본 목표보다 살짝 분량이나 난이도가 높다는 등 가능성에 근거가 있다면 목표를 정하기 더 수월할 것입니다. 도달 가능성이 희박한 목표는 언제 도달할 수 있을지 알 수 없어 막연하고 지루합니다.

또, 목표를 쉽게 포기하는 경험이 반복되기 쉽습니다. 목표를 정하고 달성하기 위해 노력하는 과정에서 자주 포기하게 되면 결국 자신감과 공부에 대한 신념을 잃을 수 있습니다.

② 행동으로 실천 가능한 목표인가?

둘째는 행동으로 실천이 가능한 목표인지를 고려해야 합니다. 목표를 향해 가는 여행길은 매우 구체적이어야 하는데, 이 구체적인 목표가 실천 가능한 정도인지를 확인해야 합니다. 예를 들어, 매일 한 챕터씩 독서하기, 국어 문제 10문제씩 풀기, 영어 단어 20개씩 외우기, 수학 문제 10문제씩 풀기 등으로 세밀하되 실천 가능해야 합니다.

③ 시간이 정해져 있는 목표인가?

셋째는 시간이 정해져 있는 목표인지를 고려해야 합니다. 이번 주, 혹은 이번 달, 혹은 몇 시까지 등을 구체적으로 정해야 합니다. 중간고사나 기말고사 대비라면 시험 전까지 목표 달성의 구체적인 마감 시한을 정해야 합니다.

만약 더 장기적인 목표가 있다면 구체적으로 세분화해 시간이 정해진 여러 개의 단기 목표로 바꿔야 합니다. 장기 목표와 단기 목표 둘 다 필요합니다.

④ 측정이 가능한 목표인가?

넷째는 측정이 가능한 목표인지를 고려해야 합니다. 몇 단원, 몇 페이지, 몇 문제처럼 목표량으로 계산할 수 있어야 합니다. 그렇게 일주일, 혹은 한 달 후에 누적된 목표량을 계산할 수 있어야 하며, 단기목표 달성을 통해 공부에 대한 행복감과 자신감을 경험해야 합니다.

자, 목표 설정의 팁을 살펴보았습니다. 그럼 아이가 영어를 더 잘하고 싶다는 욕구와 목표를 가지고 있다면 어떻게 위의 4가지를 고려해 목표를 정할 수 있을까요?

"영어 시험 점수를 10점 더 올리기 위해 매일 영어 단어를 20개씩 외우고, 10문제씩 풀 것, 목표 달성률을 확인하기 위하여 한 달 후 시험을 볼 것이며, 채점 후 외운 단어의 개수, 달성한 점수와 오답 개수가 몇 개인지 확인하고, 오답 노트로 정리" 등으로 구체적으로 목표를 정할 수 있습니다.

이처럼 한 달 이내에 달성을 목표로 하는 구체적인 단기 목표가 있다면, 이보다 덜 구체화되어 있으며 예상 성취 기간이 긴 중·장기 목표도 있습니다.

■ 아이에게 개방적인 질문을 하는 방법

- ex) 진로/직업:

- ex) 진학:

-

-

-

■ 아이와 함께 세우는 중기 목표

- ex) 성적:

-

■ 아이와 함께 세우는 단기 목표

-

-

-

-

먼저, 장기 목표라면 진로와 진학 목표가 해당될 것입니다. 진로 목표는 현재 아이가 원하는 진로와 직업 목표를 함께 얘기하며 작성합니다. 진학 목표에는 현재 아이가 가고 싶어 하는 대학교나 전공하고 싶은 학과를 작성하면 됩니다.

중기 목표는 장기 목표보다 성취 기간이 짧은 목표지만, 6개월 이상의 긴 시간 동안 이루고자 하는 목표로, 성적 목표를 작성하면 됩니다. 예를 들어 "이번 중간고사 전 과목 평균점수 85점 → 기말고사는 90점으로 상향"처럼 말이지요. 중기 목표로 성적 목표를 작성할 때는 장기 목표의 진로와 진학 목표를 달성하기 위해서 필요한 성적 목표를 작성해야 합니다.

동시에 현재의 성적도 고려해 현실적이고 단계적인 목표로 정해야 합니다. 따라서 성적 목표는 단계별로 여러 개로 나뉠 수도 있습니다. 정했다면, 전체적인 성적 목표를 달성하기 위해 필요한 과목들의 목표 성적도 세분화해 작성해야 합니다. "영어 90점, 수학 75점" 등으로 말이지요.

마지막으로 단기 목표는 목표 과목의 목표 성적을 달성하기 위해서 구체적인 공부 방법과 날짜, 시간 등을 포함하여 작성하고, 이때 앞서 말씀드린 '학습목표를 정할 때 고려할 4가지 사항'도 반영합니다.

너무 복잡하게 여겨지신다면 이 얘기를 들려드리고 싶네요. 그리스에는 제우스 신의 막내아들인 카이로스(Kairos), '기회의 신'이 있습니다. 카이로스의 할아버지라고 할 수 있는 크로노스(Kronos)가 시간 그 자체의 신이라면, 카이로스는 상대적인 시간의 신입니다.

크로노스는 해가 뜨고 지는 시간, 지구의 자전과 공전, 생로병사의 시간, 과거에서 미래로 흐르는 연속적이고 절대적인 시간을 의미하지만, 카이로스는 하루 24시간을 살면서 억지로 공부하는 아이가 느끼는 1시간과 공부를 하고 싶어서 하는 아이가 느끼는 1시간처럼 의식적이고 주관적인 시간을 의미합니다.

즉, 물리적으로 흐르는 양적인 시간이 크로노스의 시간이라면 좋아하는 일에 몰입하는 시간, 행복한 순간, 특별한 추억처럼 영원한 질적인 시간은 카이로스의 시간입니다. 카이로스는 절대적인 크로노스의 시간 속에서 즐기는 영원한 자유의 시간입니다.

■출처 : 이탈리아 북부
토리노 박물관에 있는
카이로스 조각상

그런데 이탈리아 토리노 박물관의 카이로스 조각상을 보면 벌거벗은 사람이 앞머리는 머리숱이 무성한데 뒷머리는 대머리고, 한 손에는 저울을, 다른 한 손에는 칼을 들고 있으며, 등과 양발 뒤꿈치에 날개가 달린 이상한 모양새를 하고 있습니다. 이 동상에는 다음과 같은 글귀가 새겨져 있습니다.

"내가 벌거벗은 이유는 사람들의 눈에 쉽게 띄기 위함이고, 내 앞머리가 무성한 이유는 내가 나타났을 때 사람들이 나를 쉽게 붙잡도록 하기 위함이며, 내 뒷머리가 대머리인 이유는 내가 지나가고 나면 다시는 나를 붙잡을 수 없게 하기 위함이다. 손에 든 칼과 저울은 나를 만났을 때 신중하게 판단하고 신속한 의사결정을 하라는 뜻이다. 등과 발에 날개가 달린 이유는 최대한 빨리 사라지기 위함이다. 나의 이름은… 기회(Opportunity)다."

카이로스의 말처럼 공부의 목표는 언제든 우리 앞에 왔다가도 쉽게 사라질 기회를 놓치지 않기 위해서 꼭 필요합니다.

목표를 통해 아이는 삶에 필요하거나 문제 해결에 필요한 여러 가지 가능성을 생각해 내거나, 어려운 상황 속에서 나침반 같은 역할을 할 수도 있을 것이며, 반짝이는 별과 같은 아이디어가 보여 이를 꺼내놓을 수도 있게 될 것입니다.

이번 기회에 아이와 함께 큰 종이 위에 색연필로 그림도 그려가며 단기, 중기, 장기 목표의 마스터플랜을 작성해 봅시다.

03 : 아이의 흥미에 맞는 공부라야 행복하다

 앞서 장기 목표에는 진로와 진학 목표가 있다고 말씀드렸지요. 진로 목표는 장기적인 목표인 만큼 단번에 결정하기 쉽지 않습니다.

진로는 영어로 'Career'로 '수레가 길을 따라 굴러간다.' 라는 의미가 있습니다. 수레가 길을 따라 수레바퀴의 발자국을 남기면서 굴러가듯이 진로란 넓은 의미로 인생의 발자취이며 삶의 전 과정이고, 좁은 의미로 일, 직업에 국한된 인생길을 의미합니다.

따라서 진로 탐색은 아이가 자신을 이해하고 공부하는 시간이며 발견해 가는 과정입니다. 내 아이의 직업 선택의 기준은 무엇일까요? 돈일 수도 있고, 평생직장과 같은 안정성일 수도 있겠지요. 또, 명예나 자기계발 같은 발전 가능성을 고려할 수도 있을 것입니다.

진로를 결정할 때는 아이의 흥미와 적성, 가치관까지 고려하는 것이 좋습니다. 요즘은 온라인에서도 무료 검사로 아이의 성향에 대해 구체적으로 알 수 있는데, 아이의 흥미와 적성, 가치관을 알아보고 그와 적합한 직업과 진학 사항을 안내해 주는 검사를 소개하자면 아래와 같습니다.

■ 아이의 진로 및 진학 탐색 관련 온라인 검사

사이트	검사 이름	대상	비고
진로정보망 커리어넷	저학년 진로흥미탐색	초등학교 3학년생 이하	첫 화면에 보이는 초등학생 아이 이미지를 클릭해 '초등주니어 커리어넷' 화면으로 이동한 다음, '나를 알아봐요' 메뉴를 클릭해 이용한다. 미래직업 트렌드, 진로 가치, 진로 효능감을 알 수 있는 '주니어 진로카드'도 같이 검사해 보면 좋다.
	고학년 진로흥미탐색	초등학교 4학년생 이상	
서울진로 진학 정보센터	진로종합검사	초등학교 4~6학년	성격유형검사, 직업흥미검사, 다중지능검사, 직업가치관검사를 진행할 수 있고, 검사 결과 및 추천 직업과 학과도 안내한다.
	진로흥미탐색	초등학교 5~6학년	일과 직업의 의미, 자신과 직업정보에 대해 탐색하는데 검사 소요시간은 15분, 48문항이다.
워크넷	초등학생 진로인식검사	초등학교 5~6학년	첫 화면에 보이는 '청소년 심리검사' 메뉴를 클릭하면 나온다. 소요시간은 30분. 검사는 자기이해, 직업세계인식, 진로태도로 구성되어 있으며, 세부적으로 자기이해는 자기탐색, 의사결정성향, 대인관계성향으로 이루어져 있고, 직업세계인식은 직업편견, 직업가치관, 진로태도는 진로준비성, 자기주도성으로 구성되어 있다.

소개한 검사 외에 초등학교 1~2학년생의 경우 아이의 흥미와 관심사를 알아보기 위해 위인전 읽기, 직업 관련 그림책 읽기, 놀이 활동 등을 이용할 수 있으며, 초등학교 3~4학년생은 더 직접적이고 다양한 체험활동을 통해 진로를 탐색할 수 있습니다. 초등학교 5~6학년생은 소개한 진로검사 사이트를 적극적으로 활용해 보는 것을 권장합니다.

앞서, 진로를 결정할 때는 아이의 흥미와 적성, 가치관까지 고려하는 것이 좋다고 말했는데, 유의할 점은 흥미와 적성은 다르다는 점입니다. '흥미'는 대게 어떤 활동이나 사물에 대해 특별히 좋고 즐거운 느낌이 들거나 관심을 나타낼 때 생기는 감정입니다.
하지만 게임을 좋아하고 TV 보기를 즐기는 것 같은 일시적인 활동을 흥미라고는 말하지 않습니다. 흥미는 지속적인 관심을 두고 좋아하는 것으로, 어떤 일을 할 때 그 일이 스스로 흥미를 느끼는 일이라면 더 만족하고 오랫동안 그 활동을 지속할 수 있기 때문에 '흥미를 아는 것'은 매우 중요합니다. 심리학자 홀랜드(Holland)는 흥미를 6개의 유형으로 나누고, 이에 적합한 직업을 제시하기도 했습니다.
반면 '적성'은 어떤 일을 하는 데 필요한 능력이나 강점입니다. 흥미는 누적되거나 일시적인 경험을 통해서 가질 수 있지만, 적성은 오랜 기간을 통해 형성되는 능력으로 흥미보다는 넓은 개념입니다.

하지만 서로 보완적인 측면이 있어서 다양한 경험을 통해 흥미를 유발하면 이것이 적성이 될 수도 있습니다. 즉, 서로 무관하다고는 할 수 없지요. 적성은 흥미에서 개발될 수 있으며 아이가 가지고 있는 잠재력은 어느 분야에서든 표출될 수 있습니다.

그림으로 무언가를 표현하는 소질이나 창의적인 요리를 만드는 등 아이의 상상력이 묻어나는 순간은 다양한데, 아이의 강점을 발견하는 일이 가장 중요합니다. 이것이 흔히 재능이라고 불리는 아이의 잠재적인 가치일 수도 있으니까요.

하지만 이 강점은 부모의 눈으로 보았을 때뿐만 아니라 주변 사람이 보았을 때도 같은 마음으로 보이는 것이어야 합니다.

끝으로 고려해야 할 아이의 '가치관'은 아이가 어떤 일에 대해 중요하다고 믿고, 의미 있다고 생각하는 정도를 말하며, 이 가치관은 일상생활 속에서 무언가를 선택하고 결정하는 데 중요한 역할을 합니다.

직업 가치관의 종류로는 자유, 책임감, 호기심, 인간성, 정의감, 진리탐구, 즐거움, 도덕성, 봉사, 헌신, 개성, 유능성, 명예, 혁신, 우아함 등이 있습니다. 내 아이의 가치관은 어디에 닿아있을지요?

일단 부모가 생각하기에, 또는 주변 사람이 생각하기에 아이가 잘한다거나 재능이 있다고 칭찬받은 분야가 있다면 그게 무엇이었는지 기억을 떠올려 노트에 적어보시길 바랍니다. 또, 장차 어떤 직업을 갖고 싶은지, 어떤 일을 하며 살고 싶은지, 앞으로 무슨 공부를 하고 싶은지, 왜 그렇게 생각하는지 등 아이의 가치관에 대해 물어보세요.

혹시 아이가 잘 모르겠다고 답한다면 같은 질문을 친구들에게 해보라고 하세요! 그런 뒤 친구의 답을 어떻게 생각하는지 물어봐서 간접적으로 아이의 흥미나 관심 분야를 알아보는 것도 좋습니다.

04 : 공부 자신감은 의외로 쉽게 생긴다

자신감은 선천적으로 타고나는 것일까요? 아니면 환경의 영향을 받아 후천적으로 서서히 생겨나는 것일까요? 사람들이 하는 큰 착각 중의 하나가 자신감을 성격적 특성으로 생각한다는 것입니다. 자신감은 성격적 특성이 아닙니다.

다시 말해 성격이 외향적이고 말이 많으면 자신감 있는 사람처럼 보일 수 있지만 자신감이 없어도 오로지 멋있게 보이고 싶은 마음에 말을 많이 하거나 외향적인 행동을 취하는 것일 수도 있습니다.

반대로 수줍음이 많고 조용한 아이가 실제로는 가장 자신감이 클 수도 있습니다. 결국 자신감은 아이가 자신을 생각할 때, '스스로 얼마나 소중한 가치가 있고 잠재적인 능력을 가졌는지에 대해 확신하는 정도'라고 말할 수 있습니다.

공부 자신감은 아이가 단기 및 중 · 장기 목표를 정하고 어떻게 달성할 것인지를 계획할 때 수행하기로 정하는 과제의 난이도와 관련이 있으며 자기주도적 학습능력과도 관련이 있습니다.

교육심리학자인 앨버트 반두라(Albert Bandura)가 개념화한 자기효능감(필자가 공부 자신감으로 순화하여 표현함)이 높은 아이는 도전적이며 어려운 목표를 선호한다고 합니다.

어려운 목표는 난이도가 높은 수행을 유도하고 그로 인한 긍정적인 정서를 갖게 하여 공부 자신감을 높여주며 아이가 난이도 높은 과제에 반복적으로 도전하면 이것이 긍정적인 순환을 일으켜 다시 공부 자신감을 지속적으로 높여준다고 합니다.

또한 아이 스스로 목표를 달성하기 위해 계획하고 과제를 수행할 때 자신의 공부 계획과 공부 방법 등의 노하우가 다른 노하우보다 더 효과적이라고 생각하는 확신의 정도도 공부 자신감과 관련성이 높다고 합니다. 앨버트 반두라는 공부 자신감을 높이는 방법으로 다음의 네 가지 방법을 제시하였습니다.

앨버트 반두라의 아이의 공부 자신감을 높이는 4가지 방법

① 아이의 성공적인 성취 경험을 늘려주자

첫째, 아이가 성공적인 성취를 반복적으로 경험해야 합니다. 작은 경험도 좋습니다. 성취 경험이 반복적으로 쌓일수록 공부 자신감은 증가합니다. 따라서 아이의 과제 수행 능력보다 약간 낮은 난이도로 과제 목표를 수립하고, 이를 성취할 수 있게 지도한다면 아이의 공부 자신감은 분명 높아질 것입니다.

예를 들어 아이의 수학 공부를 위해 서점에서 책을 구입할 때, 너무 단순하고 반복적인 연산문제로만 구성된 교재이거나, 반대로 응용문제가 너무 많아서 한 페이지를 푸는 데 오랜 시간이 소요되는 교재라면 구입하지 않아야 합니다.

이때는 아이의 학습량과 수준을 고려하여 적당한 난이도가 있는 교재를 구입하는 것이 좋습니다. 또, 분량이 적은 책이나 교재를 목표로 선택해 아이가 어떤 학습이든 짧은 시간에 스스로 한 권을 끝까지 마스터하는 경험을 하게 돕는 것이 중요합니다.

부모의 시선에서는 과제로 선택한 책의 분량이 적고 난이도가 낮아 보잘것없는 교재로 보일 수도 있지만 아이에게는 그 책 한 권을 완벽하게 학습한 경험이 마음의 작은 불씨가 되어 수학 공부에 자신감과 흥미를 얻는 계기가 될 수도 있으며, 이 불씨가 수학에 그치지 않고 다른 과목까지 번져나갈 수도 있습니다.

작은 성공감이 쌓이면 쌓일수록 아이의 공부 자신감이 상승한다는 점을 부모는 잊지 말아야 합니다.

② 타인의 성취 경험을 보며 모델 학습할 기회를 만들자

둘째, 아이와 비슷한 또래의 다른 아이의 성취를 관찰하며 모델학습의 기회를 많이 제공받을 수 있어야 합니다. 대표적인 예가 협동학습이나 또래 친구들과 모둠별 과제 수행이 필요한 토론·토의 수업, 프로젝트 수업 등입니다.

지금은 물론 코로나19로 원격수업이 본격화되면서 코로나 이전처럼 원활한 협동학습이나 프로젝트 수업을 통해 또래 친구들과 함께 학습 수행을 통한 성취 경험을 쌓기가 쉽지 않습니다.

하지만 다른 방법으로 글쓰기 대회나 생활아이디어 대회, 유튜브 영상 제작 발표회 등 비대면으로 진행하는 행사 또는 대회에 눈길을 돌려보는 것도 좋습니다. 의외로 참여할 수 있는 행사가 많습니다. 아이가 경험해 보면 좋을 만한 대회에 적극적으로 참가해 보는 것입니다.

직접 만나기는 힘들어도 줌 등의 화상회의 프로그램을 통해 몇몇 또래 친구들과 대회 준비를 위한 계획도 세워보고, 역할분담에 대해서도 토의하며 각자의 아이디어를 공유하며 공동 작업을 수행하다 보면, 또 다른 성취 경험을 얻을 수 있으며, 또래 친구들의 성취 경험을 관찰함으로써 공부 자신감을 높일 수 있습니다.

한편, 간접적인 모델링 방법으로는 아이가 장기 목표로 삼는 진로 분야에서 좋아하거나 관심 있어 하는 인물에 대한 위인전이나 자서전을 읽어보는 방법이 있습니다. 또, 미래의 자신의 모습을 생각하며 스토리를 만들어서 책을 써보는 방법도 있습니다.

A4용지와 색연필을 준비해 아이가 장기 목표로 하는 미래의 모습을 명

함으로 만들어서 꾸며보는 방법도 있으며, 명패를 만들어 아이가 공부하는 책상 위에 놓아두는 것도 좋은 방법입니다. 명함을 만들 때는 구체적으로 직장과 직급, 연락처 등을 넣어 최대한 사실적으로 만들어 보는 것이 좋습니다. 명패는 A4용지를 삼등분하여 접은 다음 삼각텐트 모양으로 각을 잡아 세울 수 있습니다.

③ 격려와 칭찬을 통해 언어적으로 공부 자신감을 세워주자

셋째, 교사나 부모, 친인척 등의 가족, 학습코치 등이 건네는 언어적 설득은 아이의 공부 자신감을 향상시킵니다. 아이는 항상 교사나 부모 등 주변인의 격려와 칭찬을 기다리고 갈망합니다. 여기에 언어적 설득뿐만 아니라 다양한 표현과 행동으로 아이를 신뢰하는 마음을 전해준다면 아이의 공부 자신감이 높아지는 데 도움을 줄 수 있습니다.

④ 공부와 관련된 정서적 불안에 대처할 기술을 터득하도록 돕자

넷째, 시험 불안이나 실패, 그 밖에 과도한 공부 스트레스로 인해 생길 수 있는 정서적 불안에 대해 아이가 긍정적으로 대처할 수 있는 기술을 터득하게 도와야 합니다.

아이들은 때로는 시험을 망칠 것 같다는 불안한 마음과 두려움 때문에 노력한 만큼의 좋은 성적을 얻지 못하거나 공부에 집중하지 못합니다. 스스로 계획했던 원래의 목표를 여러 가지 이유로 달성하지 못하고 반복적인 계획의 실패를 경험하면 잦은 공부 스트레스와 그로 인한 무기력감에 빠지면서 점점 공부 자신감이 낮아집니다.

아이가 이 악순환에 빠지지 않도록 부모가 적극적으로 아이의 정서를 살피고, 아이의 자신감을 상승시킬 수 있는 활동을 장려해 생각을 환기시켜 주어야 합니다.

결국 공부 자신감을 낮추는 정서적 불안의 원인은 아이의 지능이나 능력 부족의 문제가 아닌 시험과 관련한 목표를 철저히 세우고 준비하지 않은 데서 기인한 노력 부족의 결과이며, 좀 더 아이에게 적합한 방향으로 노력하고 실수를 막기 위해 철저히 준비하면 언제든 만족스러운 결과를 얻을 수 있다고 생각하는 마음가짐의 유지가 아이와 부모 모두에게 중요합니다.

아이가 목표로 삼은 계획을 수행하는 데 어려움을 겪고 있거나 중요한 시험을 앞두고 불안해한다면, 정서적 안정을 취하도록 대화를 나누고 따뜻하게 격려해 주세요. 그러면 공부 자신감도 향상될 수 있습니다.

지금 위의 4가지 방법을 통해 아이의 공부 자신감을 키우는 훈련을 시작해 보세요.

05 : 전문가가 내 아이를 정확히 본다

공부에 문제가 있어 찾아오는 아이들과 대화를 나누다 보면 겉보기에는 주제가 공부, 딱 한 가지인 듯하지만, 공부와 서로 영향을 주고받으면서 연결되는 주변의 환경 요소가 다양하다는 것을 새삼스럽게 느낄 때가 많습니다.

예를 들면 시험 불안, 공부습관, 가족문제, 진로 걱정, 성격문제 등입니다. 처음에는 집중력 부족으로 공부하기가 어렵다고 호소하지만, 대화를 나누다 보면 나중에는 자신의 성격이나 가족 문제 등으로 번져 학업 스트레스가 다른 환경 요소와 복합적으로 얽혀 영향을 주고받는 경우일 때가 다반사입니다.

그렇기 때문에 아이가 상담을 요청해 오면 먼저 상담설계도나 마찬가지인 몇 가지 검사지를 준비해서 상담 전 검사를 실시합니다. 그 검사결과지를 미리 분석하여 준비하고 추후 상담을 진행하면 아이에게 공감하고 조력하기 쉽습니다. 상담 전 실시하는 검사는 다양한

데, 저는 주로 U&I 학습유형검사, MLST 학습전략검사, SLT 자기
조절학습검사 등을 실시합니다.

■ 아이의 학습상담 전 유용한 사전 검사

사이트	대상	사이트(소요 시간)	특성
U&I 학습유형 검사	초등학교 4~6학년 (3학년 이하는 부모가 대신 검사)	U&I 심리검사센터 (30분 내외)	학생이 학습과정에서 보일 수 있는 행동 및 태도, 성격적 특징을 이해하고 학생에게 가장 적합한 학습방법을 제안하는 검사로, 학습성격 유형, 행동특성, 학습행동과 심리상태, 전공 및 진로 선택 방향을 알려준다.
MLST 학습전략 검사	초등학교 3~6학년	마음과 배움 (30분 내외)	학생의 자기주도학습 수준과 학습전략의 효율성에 대한 다양한 정보를 제공하는 검사로, 자기주도 학습지수, 성격특성, 동기특성, 정서특성, 행동특성과 학습전략 유형을 알려준다.
SLT 자기조절 학습검사	초등학교 4~6학년	한국가이던스 (40분 내외)	학습자 개인의 자기조절 수준을 점검하고 학습전략의 장단점을 파악할 수 있는 검사로, 자기조절 학습지수, 학교생활적응 지수, 학습전략, 학습자 특성을 알려준다.

'U&I 학습유형검사'는 김만권 등의 연구자가 개발하였으며, 학생이
학습과정에서 보일 수 있는 행동 및 태도, 성격적 특징을 이해하고,
학생에게 가장 적합한 학습 방법을 제안하는 검사입니다.
초등학생 4~6학년까지 받을 수 있으며, 초등학생 3학년 이하는 부

모가 검사를 받습니다. 검사 후 제공받는 결과보고서는 아이의 학습 성격 유형과 행동 특성, 학습 행동과 심리상태, 전공 및 진로 선택 방향 등을 그래프와 각 특징, 장단점으로 구분해 쉽게 알려줍니다. 이와는 별도인 '전문해석보고서'에는 10가지 학습기술 척도에서 학생의 점수를 전체평균과 비교할 수 있는 그래프와 부족한 학습영역을 향상시킬 수 있는 구체적인 학습전략도 제공합니다.

온라인 검사는 연우심리연구소에서 운영하는 'U&I심리검사센터' 홈페이지에서 진행할 수 있으며 이외에 진로탐색검사, 교육유형검사 등 다양한 검사를 온·오프라인으로 실시하고 있습니다. 검사 외에 학습전문상담도 진행하기 때문에 아이와 함께 상담에 참여하면 몰랐던 아이의 마음을 이해하는 소중한 시간을 가질 수도 있고, 아이 또한 새로운 경험을 할 것입니다.

'MLST 학습전략검사'는 박동혁 연구자가 개발하였으며, 아이의 자기주도학습 수준과 다양한 학습전략의 효율성에 대한 정보를 제공하는 검사입니다.

초등학생 3학년부터 받을 수 있으며, 검사 시간은 30분 내외로, 온라인 검사도 가능합니다. 결과보고서에는 아이의 자기주도학습 지수 수치와 함께 상세한 설명이 나옵니다. 성격특성, 동기특성, 정서특성, 행동특성으로 아이의 특성을 구분하여 각각의 특성 수준을 점수와 그래프로 알려줍니다.

학습의 약점과 강점, 학습전략의 4가지 유형도 그림과 함께 알기 쉽게 제시합니다. MLST 학습전략검사는 '마음과 배움' 홈페이지에서 진행할 수 있으며, 이외에 MindFit 적응역량검사, Holland 진로탐색검사 등 다양한 검사와 학습 상담 프로그램도 진행하고 있습니다.

'SLT 자기조절학습검사'는 양명희 연구자가 개발하였으며, 학습자 개인의 자기조절 수준을 점검하고 학습전략의 장단점을 파악할 수 있는 검사입니다.

초등학생 4~6학년까지 받을 수 있으며, 소요시간은 40분 내외로, 역시 온라인 검사도 가능합니다. 검사 후에는 검사결과분석표가 제공되는데 첫 장에 종합 프로파일로 검사내용을 요약 정리한 깔끔한 그래프와 표로 자기조절 학습지수 및 학교생활 적응도 지수를 알려주며 상세한 설명도 해줍니다.

검사영역은 자기조절 학습전략과 학습자 특성으로 구성되어 있으며, 학습전략은 다시 인지전략, 동기전략, 행동전략으로 나뉘고, 학습자 특성은 학습동기 특성과 정서 특성으로 세분화됩니다. SLT 자기조절학습검사는 '한국가이던스' 홈페이지에서 확인할 수 있습니다. 이 밖에 다양한 온라인 심리검사도 실시합니다.

이렇게 상담 전 검사를 끝내면, 어떻게 본 상담을 진행할지 철저하게 계획하고 준비합니다. 상담 테이블 위에는 아이의 검사결과지, 상담일지, 필기도구, 맛있는 과자와 사탕 등을 약간 놓아둡니다. 아이가 편안하게 이야기하도록 은은한 향기와 부드러운 조명으로 아늑한 분위기를 조성합니다.

준비를 끝내고 저와 서로 마주 앉아 대화를 나누는 아이들은 대부분 아주 평범한 아이들입니다. 보통 상담을 받기 위해 내방한다고 하면, 공부의욕도 없고 성적도 낮은 학생일 거라고 생각하기 쉽지만, 그렇지 않습니다.

사실 내방한 아이들 중에 공부의욕이 강하며 학교 성적이 우수한 아이들이 더 많습니다. 학교 성적이 상위권이며 학업 성취도가 높지만, 공부 과정에서 스스로 부족하다고 느끼기에 힘들고 답답해 상담실 문을 두드립니다.

과거와 달리 다양한 학생이 학습 상담을 받으며 공부의 어려움과 관련된 문제 또한 복잡해졌습니다. 동시에 많은 학습검사가 개발되었으며, 전문적인 학습 상담 프로그램을 통해 상담을 진행하는 센터도 많이 생겨나고 있습니다.

다양한 상담기법이 있지만, 결국 학습 상담의 목표는 어느 기관이나 학업성취 향상으로 똑같을 것입니다. 상담 전문가로부터 상담을 받으면서 아이에 대해 몰랐던 모습을 알게 돼 놀라는 부모도 많으며,

심지어 아이 스스로 놀라는 경우도 많습니다.

사람은 주관적인 생각과 객관적인 시각을 모두 가지고 있기 때문에 보지 못하는 영역이 존재할 수밖에 없는데, 이를 상담을 통해 세밀하게 만나게 돼 그럴 것이라 생각합니다. 꼭 문제가 있어 상담을 받는 것이 아니라, 더 잘 알기 위해 상담을 받는 것입니다. 이번 기회에 아이가 다양한 학습 상담 프로그램을 체험하도록 제안해 보는 것은 어떨까요?

PART

04

두 번째 DIY 전략 :
아이와
머리를 굴릴 것

01 : 기억 : 명심하라, 세상에 나쁜 머리는 없다

분명히 안다고 생각해 오던 것도 막상 필요할 때 기억나지 않아 곤란을 겪은 경험을 누구나 한 번쯤은 가지고 있습니다. 방금 전에 보거나 들은 얘기인데도 대충 무슨 이야기였는지는 기억나는데 사람 이름이나 지역 명칭 등이 정확히 기억나지 않는 경우도 종종 경험합니다.

우리는 대부분 '나는 왜 이렇게 머리가 나쁘고, 잘 외우질 못할까?', '나는 원래 외우는 데 재능이 없나?' 라고 생각하며 고민하는 경우가 많습니다. 아이들도 마찬가지입니다.

열심히 공부한 만큼 필요한 때에 공부한 내용을 기억하지 못한다면 소용이 없겠지요. 하지만 기억을 잘할 수 있는 방법은 분명히 있습니다. 우리는 무언가를 기억하는 데 어떤 과정을 거칠까요? 기억은 어떻게 머리에 저장되고 활동하며, 다시 불러올 수 있는 것일까요?

아이가 과학 수업을 받는 상황을 가정해 보겠습니다. 이번 시간은 우리 몸과 영양소에 대해 배우는 시간이고, 준비물은 빵과 우유입니다. 영양소의 기본개념, 열량의 공식, 몸과 영양소에 대한 사실 정보 등을 배울 것입니다.

아이의 머리는 몸과 영양소에 대한 선생님의 설명을 들을 것이고, 그림과 영상 등을 시청할 것입니다. 빵과 우유를 맛보기도 하고, 만지기도 하겠지요. 이때 시각 정보는 1초 이내, 청각 정보는 2~4초 이내의 매우 짧은 시간 동안 일시적으로 머리에 기억된다고 합니다. 심리학자 리처드 앳킨슨(Richard Atkinson)과 리처드 쉬프린(Richard Shiffrin)은 정보의 대부분이 머리에서 매우 짧은 시간 머물렀다가 사라지고, 일부 주의를 집중한 정보만 약 30초 동안 머리에서 기억할 수 있다고 말했습니다. 꽤 짧지요.

이때, 아이의 머리에 짧은 시간 머무는 기억은 정보를 되뇌거나 정보에서 몇 가지 특징을 추출해 내고 그것에 상응하는 기억흔적을 만드는 과정을 통해 오랜 시간 머물게 할 수 있습니다. 이 과정에서 전에 기억한 정보와 정보를 서로 연결하는 시너지 효과를 발휘할 수도 있습니다.

오랫동안 기억하는 정보는 직접 경험한 어떤 사건일 수도 있고, 수업시간에 학습한 내용일 수도 있습니다. 또는 경험한 사건과 학습한 내용을 합친 즉, 사실과 개념이 합쳐진 정보일 수도 있습니다.

하지만 오랫동안 기억한 정보도 시간이 지나면 기억흔적이 희미해지면서 소멸할 수 있으며, 다른 기억 정보와 혼동하는 경우도 생길 수 있습니다. 또, 기억하는 정보를 바뀐 환경에서 적용하지 못하는 경우도 생길 수 있습니다. 이를 '망각'이라고 합니다.

망각을 피하기 위해서는 확실한 기억흔적을 남겨야 하고, 다른 기억 정보와 혼동하지 않기 위해서 체계적으로 기억해야 합니다. 정보를 기억할 때 다른 정보와 비교하면서 관계성을 찾는 것도 하나의 방법입니다. 또 다른 방법은 반복하는 것입니다.

캐롤린 H. 호퍼 박사는 30년 이상 테네시 주립대학에 근무하였으며, 배우는 방법, 학습 스타일, 기억력, 시간 관리, 효과적인 수업기술 등과 같은 주제에 대해 연구한 인기 많은 강사입니다. 그는 기억력 향상 전략을 연구하면서 기억을 촉진하는 10가지 방법에 대해서 제시하였습니다. 그 10가지는 다음과 같습니다.

 호퍼 박사의 기억을 촉진하는 10가지 방법

① 관심 : 무언가를 기억하려면 관심, 즉 흥미가 있어야 합니다. 어떤 정보를 기억한다는 것은 기억해야 할 내용이거나 대상에 대한 관심이 있다는 의미입니다. 게다 요즘은 인공지능이 관심사를 계속 찾아주기

에 결국은 관심이 있는 콘텐츠는 기억도 오래 할 가능성이 높습니다.

② 의지 : 기억하고자 하는 의지, 외우고자 하는 의지도 필요합니다. 예를 들어 영어동요를 외워야 할 때, 억지로 외우는 것이 아니라 스스로 영어동요를 외우고자 하는 의지를 가질 때 더 잘 기억할 수 있습니다.

③ 배경지식 : 배경지식을 아는 것도 중요합니다. 만약 영어동어를 외우고자 할 때, 그 동요가 세상에 어떻게 알려지게 되었는지의 계기와 주변 지식을 더 잘 안다면 흥미도 생기고, 동요도 더 쉽게 외워질 것입니다. 국어 공부를 할 때는 특정 어휘를 외우면서 그 어휘가 사용되는 속담이나 고사성어를 함께 연결해 공부하면 더 오래 잘 기억할 수 있습니다.

④ 선택과 집중 : 필요한 것을 잘 기억하기 위해서는 선택과 집중도 필요합니다. 수업시간에 공부한 내용을 한 번에 모두 기억하기란 쉽지 않습니다. 욕심이지요. 국어 시간에 두 편의 문학작품을 배웠다면 그중 중요하거나 의미 있는 한 편의 작품만 선별해서 공부할 필요도 있습니다.

⑤ 조직화 : 정보를 의미 있게 조직하여 묶는 기술도 필요합니다. 공부한 내용을 무조건 외우는 것이 아니라 의미별로 구분하여 체계적으로 정리하여 공부하면 더 잘 기억할 수 있습니다.

⑥ 소리 내어 말하기 : 자신이 이해한 내용을 소리 내어 말하는 것도 좋은 방법입니다. 영어동요를 외우는 상황이라면 가만히 눈과 귀를 쓰는 것보다 직접 소리 내어 말하는 과정에서 많은 주의를 집중하고 노력을 더 하게 됩니다. 암송은 기억력 상승에 큰 도움을 줍니다.

⑦ 시각적 표현 더하기 : 공부한 내용을 시각적으로 생각하거나 표현하는 방법입니다. 수업시간에 배운 용어들의 관계를 연결어로 연결하여 '개념 지도'를 그려보는 등입니다. 또는 추상적인 내용을 구체적으로 그려보는 방법도 있습니다.

⑧ 이전 지식과 연계하기 : 새로 배운 내용과 전에 공부한 내용을 연결하여 외우는 방법입니다. 예를 들어 역사를 공부할 때 이전에 학습한 내용과 연계해 지식의 범위를 확장하거나, 이전 내용을 한 번 더 복습하는 것입니다.

⑨ 몰입 : 아무리 단순한 내용일지라도 뇌가 어떤 내용을 기억하기 위해서는 최소 15초 정도의 시간이 필요합니다. 따라서 분명하게 외우기 위해 공부에 몰입해야 하며, 몰입할 충분한 시간과 노력이 필요합니다.

⑩ 적절한 휴식 : 치열하게 공부만 하는 것보다 공부와 휴식을 반복하

면서 여러 번 나눠서 공부하는 것이 더 효과적입니다. 공부할 때 기억에 오래 남는 부분은 공부를 시작할 때와 끝낼 때 학습한 내용이라고 합니다. 한 번에 지나치게 오랜 시간 공부하면 오히려 공부는 많이 했지만, 많은 내용이 기억나지 않아 비효율적입니다.

물리학자 피터 러셀(Peter Russell)은 다음과 같이 말했다고 합니다. "아이를 바보처럼 다루어라. 그러면 그는 바보처럼 행동할 것이다. 아이를 창조적인 지능을 가지고 의식하고 학습하며 발전하는 사람으로 다루어라. 그러면 그는 꼭 그렇게 될 것이다."라고요.
내 아이를 어떤 인물로 성장시킬지는 부모의 인식과도 맞닿아 있습니다. 세상에 나쁜 머리는 없습니다. 내 아이를 위해 기억 촉진법을 활용해 보세요.

02 : 메타인지 : 뇌가 스스로 공부하게 하라

인간의 뇌는 약 1.4kg의 주름 많은 덩어리입니다. 몸무게의 약 2.5%밖에 차지하지 않지만 흐르는 혈액량은 전체 혈액의 15%입니다. 약 1천억 개의 신경세포, 약 3천억 개의 신경세포를 도와주는 세포로 이루어져 있으며, 이를 연결하는 시냅스가 100조 개에 달한다고 합니다. 인간의 뇌는 소우주입니다.

이때, 정보를 오랫동안 기억하기 위해 행해지는 뇌의 정신과정을 '인지'라고 말할 수 있으며, '메타인지'라는 용어를 처음 사용한 발달심리학자 존 플라벨(J. H. Flavell)은 메타인지를 '자신의 생각에 대해 판단하는 능력'이라고 말했습니다.

메타인지는 효율적이고 효과적인 공부를 하기 위해 공부하면서 스스로 계획하고 점검하고 조절하는 '학습전략 능력'이라고도 말할 수 있습니다. 아이가 자신의 행동과 학습과정에 대해 이해하며 조정하고 통제하는 능력으로 심리학의 여러 분야에서 연구되고 있습니다.

학습동기화 전략에 대한 질문지(MSLQ, Motivated Strategies for Learning Questionnaire)를 제작한 프린트리치(Printrich)와 데그루트(DeGroot)의 메타인지 측정영역은 계획하기, 모니터링하기, 조절하기로 이루어져 있는데 문항은 아래와 같습니다.

■ 메타인지 검사 문항

번호	문항
1	나는 수업 시간에 종종 딴 생각을 해 중요한 부분들을 놓칠 때가 많다.
2	나는 책을 읽는 동안에 스스로 문제를 만들어 대답해 봄으로써 읽는 내용에 집중한다.
3	나는 책을 읽어나가는 동안에 잘 이해되지 않는 부분이 있으면 이전에 배웠던 것을 다시 찾아보고 이해하려고 한다.
4	만약 교과내용을 이해하기가 어려우면, 나는 그 내용을 읽는 방식을 달리해 본다.
5	나는 새로운 교과 내용을 자세히 공부하기 전에 그 내용이 어떻게 조직되어 있는지 알아보기 위해 대충 훑어볼 때가 있다.
6	나는 공부를 해나가는 동안, 학습 내용을 잘 이해하고 있는지 스스로 확인해 보곤 한다.
7	나는 교과서에서 중시하는 점을 생각해 보고, 그에 따라 내가 공부하는 방법을 선택하여, 선생님이 가르치는 방식에 따라, 내가 공부하는 방법을 변화시키려고 노력한다.
8	나는 공부 시간에 내용을 읽고 나서도, 무엇에 대해 읽었는지 모르는 경우가 있다.
9	나는 공부할 때, 단지 그 내용을 읽기만 하는 것이 아니라 주체가 무엇인지 알아내려고 노력하고, 그것을 통하여 내가 학습해야 할 것이 무엇인지를 결정한다.

10	나는 교과를 학습하는 동안에, 내가 잘 이해하지 못하는 개념이 무엇인지 알아내려고 노력한다.
11	나는 교과를 공부할 때, 각 수업 시간에 스스로 목표를 설정하고, 목표를 달성하기 위하여 공부한다.
12	만약 내가 수업 시간에 노트 필기한 내용이 혼란스러우면, 후에 노트 필기한 것을 분류하여 확실하게 정리하고 이해한다.

■ 출처: Printrich&DeGroot

한 방송사가 전국모의고사 석차가 0.1% 내에 속하는 학생들과 성적이 평범한 학생들을 비교하는 실험을 한 적이 있습니다. 실험 결과, 두 집단 간 IQ나 집안 환경, 공부 시간에는 별 차이가 없었지만, 한 가지 확연하게 차이 나는 부분이 메타인지 영역이었습니다.

상위 0.1% 성적권 아이들의 메타인지가 훨씬 높았습니다. 전문가들도 학원에 거의 안 다니면서 전교 상위권 성적을 유지하는 학생들을 보면 메타인지가 높은 특성이 있다고 말합니다.

이규민 교육학과 교수는 메타인지 능력이 5~7살 무렵 발달하기 시작해 학령기 동안 꾸준히 향상되는데, 이미 여러 연구에서 좋은 성적을 올리는 아이의 메타인지 활동이 활성화되어 있다는 것이 밝혀졌다고 하였습니다.

전희일 한국아동청소년교육활동 연구소장은 메타인지 능력을 키우려면 선행학습이 아닌 복습을 제대로 해야 하며, 제대로 된 목표 설정과 수업 내용에 대한 집중에 복습 실천이 더해지면 메타인지가 저절로 향상한다고 하였습니다.

결국 메타인지는 인지활동 중에 아는 것과 모르는 것을 구분하고 정보를 오랫동안 기억하기 위해 지금 무엇을 하는 것이 좋을지 판단하고 점검하며 조절할 줄 아는 모든 정신 과정을 일컫습니다. 여러 학자의 연구를 종합하면 메타인지를 구성하는 것은 '계획, 점검, 조절'입니다.

계획은 공부하기 전에 필요한 책이나 자료 등을 미리 생각해 준비하거나 공부할 내용 전체를 훑어보고 포스트잇이나 노트, 연필 등을 활용해 공부 방법이나 목표를 세우는 활동 등을 말합니다.

점검은 책을 자세히 읽기 전에 먼저 내용의 목차를 간단히 훑어보거나 주의집중을 잘하고 있는지, 내용을 잘 이해하고 있는지, 책 읽는 시간이나 문제를 푸는 속도가 적당한지 스스로 질문해 보면서 평가하는 것을 말합니다.

조절은 새롭고 낯선 내용이나 이해하기 어려운 내용을 읽을 때, 좀 더 천천히 읽거나, 자나 연필로 짚어가면서 읽는 경우를 말하며, 어려운 용어는 인터넷 검색을 통해 확인하며 읽는 일 등의 활동입니다.

실제 성적이 좋은 학생을 유심히 관찰해 보면 다양한 메타인지 능력을 사용하여 공부하지만, 학업성취가 낮은 학생들은 한두 가지의 메타인지 능력만을 사용한다는 것을 알 수 있습니다.

성적이 좋은 학생은 스스로 효과적인 학습 환경을 창조하는 경향이 있어서 주위를 산만하게 만드는 스마트폰은 책상에 올려놓지 않습니다. 올려놓더라도 무음으로 설정해 놓습니다. 난해한 내용의 책을 읽을 때는 확실한 정보를 찾아서 이해하려고 노력합니다.

나중에 내용을 기억하지 못할까 봐 메모하는 습관도 가지고 있지요. 더해, 공부할 때 책상 주변에 책들이 많아서 공부하며 관련 주제의 다른 책을 읽어보며 정보의 관계망을 의식적으로 살펴봅니다.

메타인지 능력은 비단 공부뿐만 아니라 다양한 학습상황을 통해서 향상시킬 수도 있습니다. 예를 들어 수영을 한 달 정도 배운 아이가 100m 완주를 고민하는 상황에서 메타인지를 활성화시킬 수 있습니다.

만약 완주할 수 없다는 생각이 든다면 자신에게 부족한 게 체력인지 기술인지를 스스로 판단해 볼 수 있으며, 메타인지를 사용하여 자신의 능력과 한계, 필요한 시간과 노력을 좀 더 정확하게 파악할 수 있습니다.

그림을 그리는 상황에서도 마찬가지입니다. 아이가 그림을 그릴 때는 다양한 사이즈의 붓과 재료들을 사용합니다. 중요한 것은 아이가 언제 어떤 크기의 붓과 재료들을 사용할 것인지 결정하고 판단하는 과정입니다. 이때, 메타인지가 활성화됩니다.

이규민 교수는 부모가 자녀의 능력을 믿고 아이의 판단과 선택을 기다릴 필요가 있다고 말합니다. 아이들이 모두 자기주도학습 능력을 가지고 있는데 부모가 이를 인정하지 않고 학습계획을 모두 짜주는 것은 잘못되었다고 말입니다.

아이들이 스스로 전략적 사고를 할 기회를 잃어버리면 아이들의 메타인지 능력은 퇴보한다고 말합니다. 아이의 뇌가 스스로 발전할 수 있는 충분한 시간을 주는 것은 어떨까요?

03 : 조직화 : 자신만의 암기법을 찾아라

시험을 앞두고 흔히 벼락치기 공부로 무조건 달달 외우는 방법을 사용하지만, 기억의 특성상 만족할 만한 효과는 보기 어렵습니다. 효율적인 암기법을 찾기 위해서는 앞서 살펴본 '호퍼 박사의 10가지 기억 촉진법' 처럼 기억의 특성을 고려해야 합니다.

암기와 이해는 동전의 양면과 같습니다. 달달 외우는 암기보다 물론 이해가 더 중요하지만 이해만 하고 기본 개념이나 공식, 용어를 암기하지 않는다면 문제를 풀거나 응용하는 단계로 넘어가지 못할 것입니다. 즉, 암기도 중요한 것이지요.

아이의 경우 단계적 절차나 과정으로 암기하는 방식이 발달하고, 성인은 경험한 사건이나 일화로 암기하는 방식이 발달합니다.

아이들이 노랫말이나 율동을 쉽게 따라 하고 운동규칙과 순서를 잘 외우는 반면, 성인은 한 사건의 배경지식을 알 때나 자신의 경험과 관련이 있을 때 암기를 잘하는 것이 이 때문입니다. 눈으로 교과서나 노트를 훑기만 하는 것은 암기에 도움이 되지 않습니다.

머릿속에 있는 외워야 할 정보를 여러 번 반복해서 입으로 소리를 내거나 손가락으로 써보거나 몸을 움직이면서 외워야 오랫동안 기억할 수 있습니다. 외워야 할 정보를 아이에게 선생님처럼 가르쳐보게 하면 아이가 어느 정도 이해했는지 체크해 아이가 아는 것과 모르는 것을 쉽게 구분할 수 있습니다.

스스로 이해해야 가르칠 수도 있기 때문입니다. 이러한 방식을 활용하면 온·오프라인 수업할 것 없이 아이의 주의집중이 향상되며 암기에도 효과적입니다.

책을 눈으로 읽기만 하거나 무조건 노트에 쓰면서 외우려고 하면 노력한 시간에 비해 공부 효과는 낮아 시간만 낭비하게 됩니다. 이에 학습심리학자 게이츠(Gates)는 한 번 읽고, 네 번 노트에 쓰면서 소리 내어 외우는 것이 가장 공부 효과가 높다고 말했습니다.

외워야 할 정보가 많다면 저녁 시간에 공부하는 것이 효과적입니다. 심리학자 젠킨스와 달렌바흐(Jenkins&Dallenbach)에 의하면 취침하기 30분 전에 공부한 내용은 다른 시간대에 한 공부보다 기억 효과가 월등히 높다고 합니다.

또, 외운 다음에는 바로 문제를 풀어봄으로써 확인해야 공부 효과가 높다고 합니다. 아이가 공부해야 할 내용이나 정보를 효과적으로 기억하고 회상하는 데 도움을 주는 여러 가지 암기법을 활용하는 것도 좋습니다.

암기법을 활용하면 단순히 노트에 여러 번 쓰면서 외우거나 소리 내어 외우는 것보다는 더 많은 시간이 걸릴 수 있지만 체계적인 만큼 더 오래 기억할 수 있습니다. 암기법에는 정보를 의미 있는 덩어리로 개념화해 묶거나 마음속으로 이미지화하는 방법 등 여러 가지 방법이 있습니다. 아래에서 살펴보겠습니다.

대표적인 암기법

① 의미 있는 덩어리로 묶는 암기법

암기해야 할 용어나 개념을 목록화해 묶는 방법을 말합니다. 묶은 후에 각 그룹을 대표하는 이름을 정합니다. 의미 있는 덩어리로 묶어 체계적으로 질서를 정리해 기억하면 정보를 더 오래 기억할 수 있습니다.

만약 기억해야 하는 단어의 특성이 섞여 있다면 단어 간의 상호관계를 고려해 사진처럼 이미지를 중심으로 연상할 수도 있습니다.

② 페그워드(Pegword) 암기법

페그워드 암기법은 아이들이 쉽게 따라 부를 수 있는 노랫말을 활용하여 외우고자 하는 단어와 말뚝 역할을 하는 일련의 익숙한 단어를 연결지어 상황을 그려보는 방법입니다. '페그(Peg)'의 뜻이 '말뚝'이라 '말뚝법' 이라고도 부릅니다.

③ 핵심단어 암기법

'페그워드 암기법'과 비슷한 암기법으로 영어 단어를 암기해야 할 경우, 친숙한 단어와 서로 연결하여 이미지를 만드는 방법입니다. 학생을 의미하는 영어 단어 'student'를 외울 때, 먼저 친숙한 단어인 'study'를 연상한 다음, 학생이 공부하는 모습을 상상해 쉽게 외울 수 있습니다.

④ 약어 및 약문 암기법

간단한 암기법으로, 기억해야 할 단어나 용어들의 첫 글자를 따내어 연속으로 이어서 문장으로 만들어 기억하는 방법입니다. 문장은 가급적 짧고 쉬워야 하며 외우기 어렵거나 중요한 내용은 처음과 마지막에 배치할수록 오랫동안 기억하기 쉽습니다.

관계없는 단어의 첫 글자로 문장이나 구를 만들어 외우므로 혼동하기 쉬운 순서를 외울 때 편리합니다. 시기별 전성기인 고구려(4세기), 백제(5세기), 신라(6세기)를 '고백신456' 등으로 외우는 방법입니다.

⑤ 플래시 카드 암기법

영어 단어, 수학 공식처럼 외워야 할 분량이 많을 때 효과적인 방법으로 힌트가 될 한 가지 단서만 카드 앞면에 작성하고, 뒷면에는 정답을 써서

추론하거나 회상해서 맞추는 방식으로 외우는 방법입니다.

⑥ 장소, 신체부위 결합 암기법

장소 암기법은 외워야 할 정보들을 자신이 아는 장소와 연결해 기억하는 방법으로 여러 개념이나 단어들을 친근한 장소 즉, 집 안의 가구나 가전제품, 혹은 집에서 편의점까지 가는 길목에 있는 장소들과 연결해 기억하는 방법입니다.

신체부위 암기법은 외워야 할 단어의 특성과 신체부위를 결합해 외우는 방법으로, 숫자와 관련된 순서도를 외울 때 좋습니다. 예를 들어, 세계의 인구수를 머리(중국의 변발) → 이마(인도여성 미간의 점) → 눈(미국인의 파란 눈) 등으로 결합해 외우는 방법입니다.

⑦ 마인드맵 암기법

심리학자인 토니 부잔(Tony Buzan)이 만든 방법으로, 글자 그대로 '생각의 지도'를 의미합니다. 기억하거나 생각나는 내용을 종이 위에 그리듯이 줄거리를 이해하며 정리하는 방법으로, 외워야 할 내용을 다양한 색과 그림으로 나타내기 때문에 기억하기 훨씬 쉽고, 핵심단어만 기록하기 때문에 시간이 절약되며, 중요한 내용을 쉽게 파악할 수 있습니다. 어휘력 향상에도 도움이 됩니다.

⑧ 스토리텔링 암기법

관계없는 단어를 활용해 하나의 이야기로 만들어 외우는 방법으로, 많은 양을 정리할 때 사용하면 좋습니다. 예를 들어, "물과 식용유라는 비열형제가 있었어요. 물이 형이라 늘 동생인 식용유보다 많이 먹어서 1Kcal였고 동생은 0.5Kcal였어요." 하는 식입니다.

⑨ 노랫말 암기법

익숙한 노래를 활용해 가사를 외워야 할 내용으로 바꿔 부르는 방법으로 관계없는 단어들을 조합하기 쉽습니다. 흔히 아는 동요 '산토끼'에 맞춰 근의 공식을 외우는 등입니다.

⑩ Cycle 암기법

처음 외운 내용을 다시 누적해 새로운 내용을 추가해 외우는 방법으로 처음 암기한 내용을 잊지 않게 합니다. 예를 들어, 첫째 날 교과 1~10p를 외웠다면, 다음 날은 1~15p, 그다음 날은 1~20p를 외우는 등입니다.

⑪ 연상결합 법칙

사물의 특징이나 오감을 활용해 관계없는 단어를 결합해 외우는 방법으로 연상력을 동원하는 방법입니다. 딱딱한 거북이의 등껍질(특징)과 방문을 결합해 "딱딱한 거북이 등껍질로 방문을 만들었다(거북이 · 방문)."나 꿀의 끈적끈적함(오감)과 문턱을 결합해 "문턱에 꿀이 묻어 끈적거린다(문턱 · 꿀)." 등으로 외우는 방법입니다.

몇 년 전, EBS 프로그램 〈공부의 왕도〉를 시청하다가 인상 깊어 메모한 내용이 있습니다. 주제가 '인지 세계의 냉엄함'이었는데, 시청하다 놀라기도 하면서 섬뜩한 기분도 들었습니다. 한마디로 정리하면 "지식에도 빈익빈 부익부가 있다."라는 내용이었습니다.

지식이 부족하면 정보처리를 제대로 못 해 이해도 못 하게 되고, 따라서 기억도 못 하게 됩니다. 결국, 기억을 못 하니 지식이 줄고, 그러므로 또 그다음 정보를 이해하지 못하는 방향으로 흘러 지식도 '빈익빈'이 되는 반면, 지식이 많은 사람은 지금 주어지는 정보와 자극들을 이미 기존에 잘 쌓아둔 다양한 지식을 동원해 잘 조직화해 다시 기억함으로써 지식을 늘린다는 내용이었습니다.

정보를 조직화해 암기하는 방법은 결국 학습한 내용의 보존과 관계가 깊은데, 단순한 암기를 넘어 그 내용을 기반으로 추후에 학습하는 내용을 다시 보강할 수 있다는 것입니다. 암기법을 통해 늘어난 지식은 다음 지식정보 관리의 효율성을 높일 것입니다. 아이와 몸을 쓰는 다양한 암기법을 체험해서 아이의 암기력을 신장시켜 보세요.

04 : 필기 전략 : 핵심단어는 티 나게 표시하라

노트 필기는 학습내용을 기억하기 위해 하는 가장 보편적인 학습활동입니다. 아이가 중·고등학교에 진학하고 더욱 이해하기 어려운 정보를 기억하고 학습하기 위해서는 필기 연습이 중요합니다. 수업시간에 하는 필기는 주의력 향상에도 효과가 높습니다.

성적이 우수한 학생들은 공부한 내용을 기억하기보다 이해하기 위해 정보를 요약하는 노트 필기를 연습합니다. 학습내용의 이해도를 높이기 위해 하는 효과적인 방법이지요. 여기에 수업일자, 경우에 따라서는 요일과 시간도 기록합니다.

필기의 학습효과를 높이려면 교사가 제시하는 수업자료나 판서 내용을 그대로 필기하는 것보다 교사가 설명하는 내용 위주로 필기하는 연습을 해야 하며, 이 역시 그대로 받아 적는 것보다 중요내용을 요약하고 필기해야 합니다.

핵심적인 내용을 노트에 필기하면서 줄여 쓰는 연습을 하면 노트 필기 시간도 줄어들며, 그 과정에서 머릿속에서 한 번 정리가 되기 때문에 같은 학습량도 더 효율적으로 공부하고 기억할 수 있습니다.

노트 필기에서는 핵심단어 활용이 중요합니다. 이는 수업 내용 중 가장 중요한 개념이며, 교사가 학생들에게 전달하고 싶은 메시지입니다. 핵심단어를 잘 파악하면 이를 중점으로 수업 내용을 쉽게 이해할 수 있으며, 필기한 내용도 빠르게 읽을 수 있어 추후 효율적인 공부가 가능합니다.

수업시간에 교사의 설명을 들으면서, 혹은 아이가 혼자서 공부하면서 하는 필기는 보통 핵심내용인데, 여기서 핵심단어 즉, 키워드를 찾아서 강조하는 것은 숨어있는 보물을 찾는 일과도 같습니다. 대부분 중요한 키워드는 개념설명의 앞부분에 제시됩니다.

이는 마지막에 다시 제시되는 경우가 많으며 부연 설명도 많습니다. 목적지로 출발하기 전 자동차의 내비게이션에 목적지를 찍듯, 키워드 제시 전에는 "이 시간의 중요 핵심은", "요약하면", "무엇보다도", "결론적으로", "다시 말해서", "특히" 등의 문구가 더해집니다. 필기 시 핵심단어에는 밑줄을 긋거나 빨간색이나 파란색 등의 컬러펜으로 눈에 띄는 표시를 더합니다. 동그라미를 그리거나, 밑줄을 긋고 단어에 위첨자 번호를 표시해 따로 추가 내용을 정리해도 좋습니다. 이러한 표시는 시험을 준비할 때 핵심내용에 집중하게 해 내용을 쉽게 정리해 이해하고 기억하는 데 도움을 줍니다.

핵심내용을 필기할 때는 아이가 스스로 정한 규칙을 활용하면 됩니다. 예로, '이해가 안 된다.'라는 의미로 물음표를 표기하거나 '반 정도만 이해된다.'라는 의미로 동그라미에 반만 색칠해서 표현할 수 있습니다. 자신만 알아볼 수 있는 줄임말, 약어를 사용해도 됩니다. 기호를 활용해 '∴(그러므로)', '∵(왜냐하면)', '±(범위)', '↑(증가)', '↓(감소)', '※(강조하면)' 등을 표현할 수도 있습니다.

노트 필기법 중 많이 알려진 필기법은 코넬 노트 필기법이며, 그 외로는 컨설팅 회사에서 쓰는 맥킨 노트 필기법, 라이프 노트 필기법, 일본 입시학원에서 인기 있는 도쿄대 노트 필기법 등이 있습니다.

코넬 노트 필기법은 코넬 대학교에서 근무하는 교육학 교수 월터 파욱(Walter Pauk)이 학생들의 학습 능력을 향상시키기 위해 고안하였으며 현재까지 가장 많이 알려진 필기법입니다. 칼럼(Column)형 노트법과 유사한 방법으로 노트의 왼쪽에 먼저 약 4cm 정도의 수직선을 긋습니다. 이 부분은 '단서 칸'으로 수업 내용과 관련된 핵심단어 즉, 키워드를 적습니다.

노트의 오른쪽 넓은 면은 '내용 칸'으로 수업에서 다루어진 학습내용을 기록합니다. 마지막으로 노트의 아래쪽에 약 2cm 폭의 수평선을 그어 '요약 칸'을 만들고, 수업 내용을 한두 문장으로 간략하게 요약하여 적습니다. 간혹 단어나 새로운 개념을 추가로 찾았을 경우에도 기록합니다.

■ 코넬 노트 필기법

2021 **년** 00 **월** 00 **일** 수 **요일**	과목: 수학

<table>
<tr><td colspan="2" align="center">제목을 입력해 주세요.</td></tr>
<tr><td>🗒 핵심단어/ 키워드</td><td>🔖 공부한 내용 🔖</td></tr>
<tr><td colspan="2">✎ 요약및정리</td></tr>
</table>

앞의 그림처럼 간단하게 '단서, 내용, 요약'의 3개 칸으로 구성하는데, 단순해 보일 수도 있지만 어떻게 활용하느냐에 따라 매우 유용할 수도 있고, 아닐 수도 있습니다. 맨 위 칸에는 대단원, 중단원 등으로 구분하여 구체적인 단원명과 학습목표를 작성합니다.

내용 칸에 교사의 설명을 요약하여 정리할 때는 앞서 말씀드린 줄여쓰기 방법을 활용합니다. 자기만의 약어나 심벌(Symbol), 리스트를 최대한 활용해서 빠른 시간 안에 중요한 내용을 빠짐없이 적습니다. 이때 수업 내용의 중요도에 따라 번호를 붙여 써야 복습할 때 도움이 됩니다. 여백을 넉넉히 두면서 필기하며, 개요번호와 들여쓰기를 사용하여 적습니다.

가능한 한 공간을 많이 남겨둬서 나중에 시간이 남을 때 미진한 내용을 채우고, 중요한 내용은 그림이나 그래프 등으로 강조합니다. 끝으로 자신의 느낌도 필기합니다.

단서 칸은 내용 칸에 적은 요점 정리 내용을 대표할 수 있는 핵심단어, 키워드를 찾아 질문 형식으로 적습니다. 수업을 마친 후 바로 오른쪽에 필기한 내용으로 질문을 만들어서 적으면 내용 간의 관계가 명확해지며 기억력도 향상됩니다.

또, 머릿속에 떠오르는 중요한 아이디어, 질문 등 기억에 도움이 될 만한 내용을 채워 넣으면, 나중에 시험공부 할 때 기록하지 못했던 여러 가지 연관 내용도 기억해 낼 수 있습니다.

요약 칸은 노트의 마지막 한두 문장 정도로, 수업이 끝나고 노트를 보면서 그 시간에 학습한 내용 중 꼭 기억해야 할 내용, 또는 가장 중점적이었던 내용 위주로 정리합니다. 다시 한번 내용을 반복하는 효과가 있으며, 시간이 흐른 후에도 빠르게 수업 흐름을 파악하도록 도와줍니다.

「종의 기원」을 쓴 찰스 다윈이나 화가 레오나르도 다 빈치는 평소에 그림을 넣어서 간단히 메모하거나 노트 필기하는 습관을 가지고 있었습니다. 이 천재들의 노트 필기와 메모하는 습관은 후대에 한 번 나올까 말까 한 위대한 업적을 이끌어 냈지요. 오늘부터 필기 노트를 만들고, 핵심 키워드를 활용해 노트가 아이만의 요약 필기 비법으로 가득 채워질 수 있게 지도해 보세요.

05 : 책 읽기 : PQ4R 단계

전국에서 6명뿐인 2021년 수능 만점자 중 한 명인 신지우 군은 고교 3년 내내 1시간 일찍 등교해 편하게 읽은 책이 학업에 큰 도움이 되었다고 말했습니다. 학교에 일찍 가면 아무도 없어 편한 느낌이라 좋았으며 소설이든, 과학이든, 철학이든 장르에 상관없이 눈에 보이는 대로 몸풀기 겸 집어 읽은 책들이 문제를 풀 때 도움을 주었다고 말이지요.

이처럼 책 읽기는 자기주도학습의 시작입니다. 공부의 첫 단계는 교사가 제공한 학습 자료나 인터넷 검색 등으로 얻은 자료 등 다양한 종류의 글을 읽는 것에서 시작됩니다. 그만큼 읽기 능력은 중요합니다. 한 초등학교 교사는 학교에서 아이들에게 가장 자주 듣는 질문이 "선생님, 이게 무슨 뜻이에요?"라고 말했습니다. 부족한 독서량으로 단어의 뜻을 모르면, 결국 글 속에 담긴 의미를 해석하는 능력이 부족해지고, 수업 흥미가 떨어지고 집중력이 흐려져서 수업의 흐름도

놓친다고 말합니다.

'읽기 능력'은 '글을 읽고 이를 이해하고 분석해서 판단하는 능력'입니다. 즉, 독해력으로 학습능력과 관계가 깊습니다. 읽기 능력은 학년이 올라갈수록 난이도가 높아지는 교과서와 많아지는 학습량을 감당하기 위해서는 필수적인 요소입니다.

'2015 개정 국어과 교육과정'을 통해 초등학교 1~2학년 시기의 읽기 성취기준이 단어에서 문장 수준까지 읽을 수 있으며, 읽은 내용의 주요 내용을 파악하는 수준으로 관련 시수가 27차시에서 68차시로 증가한 것을 보면 읽기의 중요성이 교육에서 강조되고 있음을 알 수 있습니다.

교육부는 코로나19 확산에 의한 원격수업 장기화로 학생 간 학습 격차가 벌어지는 것을 막기 위해 초등학교 1학년생의 한글 해득 수준을 진단해서 개인 맞춤형 학습을 지원하는 '초등학교 저학년 대상 학습 안전망 확대방안'을 발표하기도 했습니다.

책 읽기 능력 향상에 효과적이라고 널리 알려진 방법에는 로빈슨(Francis P.Robinson)의 'SQ3R 방법'이 있습니다. S는 Survey(개관하기), Q는 Question(질문하기), 3R은 Read(읽기), Recite(암송하기), Review(복습하기)를 의미합니다.

토마스와 로빈슨(Thomas&Robinson)은 여기에 'Reflect'를 더 추가하여 'PQ4R 방법'을 개발하였습니다. 여기서 P는 Preview(훑어보기),

Q는 Question(질문하기), 4R은 Read(읽기), Reflect(검토하기), Recite(암송하기), Review(복습하기)를 의미합니다. 아래서 'PQ4R 방법'을 활용한 책 읽기 과정을 자세히 살펴보겠습니다.

■ 읽기 능력을 향상시키는 PQ4R 과정 살펴보기

PQ4R	내용	방법
훑어보기 (Preview)	전체적인 윤곽 살펴보기	장제목, 부제목, 차례를 읽고, 흥미를 유발하는 그림과 사진을 천천히 살펴봅니다. 도입부인 머리말과 결론부인 맨 뒤의 요약 부분을 가볍게 읽습니다.
질문하기 (Question)	본격적으로 글을 읽기 전에 책에 대한 비판적인 질문하기	'누가, 언제, 어디서, 무엇을, 어떻게, 왜'와 같은 의문사를 활용해 글쓴이가 누구인지, 언제 쓴 글인지, 제목을 보고는 어떤 느낌이었는지 등을 스스로에게 물어보고 당장 궁금한 것은 적극적으로 검색합니다.
읽기 (Read)	읽기	전체 내용을 의식하기보다 스스로 한 질문에 대한 답을 찾는다는 생각으로 읽습니다. 글쓴이가 강조했다는 생각이 드는 개념이나 문장은 여러 번 반복해서 읽고, 이해가 안 되는 부분은 따로 표시해 찾거나 질문합니다.
검토하기 (Reflect)	내용의 전체적인 구성을 생각해 보는 담금질 과정	전에 읽은 관련 책과 연관하거나, 책의 글, 각 문단의 주요 개념과 소제목 등을 관련지어 비교해 봅니다. 잘 기억나지 않으면 책이나 노트를 다시 보고 확인합니다.
암송하기 (Recite)	글의 내용을 기억하는 연습하기	읽기 단계에서 얻은 주요 내용을 요약하거나, 질문하기 단계에서 생각한 질문에 대한 답을 기억하는 연습을 합니다. 개념, 용어의 정의, 대표적인 예 등을 자신의 목소리로 표현해 기억도를 높입니다.
복습하기 (Review)	재점검하기	이전 암송 단계에서 이해하지 못한 부분 등 머릿속에서 전체 내용을 재검토하고, 앞의 5단계를 반복하면서 지속적으로 기억하기 위한 복습을 실행합니다.

첫 단계인 훑어보기(Preview)는 책을 읽기 위해 전체적인 윤곽을 잡는 과정입니다. 나무를 보기 전에 숲을 보는 일과 같습니다. 장 제목, 부제목, 차례를 읽고, 흥미를 유발하는 그림과 사진도 천천히 살펴봅니다. 그다음, 도입부인 머리말과 결론부인 맨 뒤의 요약 부분을 가볍게 읽습니다. 이해하기 어려워도 괜찮습니다. 책의 전체적인 구성과 대략적인 주요 주제 및 내용을 파악합니다.

두 번째 단계는 질문하기(Question)입니다. 글을 본격적으로 읽기 전에 '누가, 언제, 어디서, 무엇을, 어떻게, 왜'와 같은 의문사를 활용해 질문하는 비판적 책 읽기의 시작 단계입니다.

교사로부터 받은 학습 자료나 책의 글쓴이가 누구인지, 언제 쓴 글인지 스스로 물어봅니다. 제목을 보고는 어떤 느낌이었는지, 어떤 생각이 들었는지, 차례를 본 뒤 책에서 모르는 단어나 개념이 나오면 어디서 확인해 보면 좋을지도 스스로 물어보고 당장 궁금한 것은 적극적으로 스마트폰 등을 활용하여 검색합니다.

이때는 단순하고 어리석은 질문이나 의문 같다고 생각될지라도 혼자 하는 것이기에 모든 질문을 개방하고 생각하는 마음을 가져야 합니다. 질문이나 의문이 떠오르면 책 모퉁이나 노트에 정리해 놓으면 나중에 책을 펼쳤을 때 다시 연관 지어 생각하는 데 도움이 됩니다.

세 번째 단계는 읽기(Read)입니다. 이탤릭체나 굵은 글씨 등에 주의하며 읽습니다. 전체 내용에 너무 신경 쓰기보다 스스로 한 질문에 답을 찾는다는 생각으로 읽습니다. 글쓴이가 강조했다는 생각이 드는 개념이나 문장은 여러 번 반복해서 읽는 것도 좋습니다.

읽으면서 스스로 한 질문에 대해 답을 찾기 어려울 경우, 교사에게 직접 질문하거나 온라인 원격수업의 경우, 게시판 또는 메일로 질문하여 답을 찾아야 합니다. 이해가 안 되는 부분은 밑줄 긋기 등으로 표시해 둡니다.

네 번째 단계는 검토하기(Reflect)입니다. 만약에 아이가 공룡이나 비행기 관련 책을 읽는다면 전에 읽었던 책과 관련지어 보거나 글의 주요 개념과 소제목을 관련지어 비교해 봅니다. 한 장을 읽고 나서 내용의 전체적인 구성을 생각해 보는 담금질 과정이 필요합니다.

각 단락과 문단에 포함된 내용을 기억해 보고, 주요 개념을 다시금 머릿속에 떠올리며 되짚어 봅니다. 수업시간에 중요하다고 언급되었던 관련 내용을 다시 기억해 보고, 기억이 잘 나지 않으면 학습한 책이나 필기 노트를 다시 보고 확인합니다.

다섯 번째 단계는 암송하기(Recite)입니다. 단순히 외우는 단계는 아닙니다. 읽기 단계에서 얻은 정보를 기초로 제목, 밑줄 그은 부분이나 주요 내용에 대해 요약하거나, 질문하기 단계에서 생각한 질문에 답하는 방법으로 글의 내용을 기억하도록 연습합니다.

머릿속에만 있는 지식은 불완전 경우가 많고 쉽게 사라지는데 개념, 용어의 정의, 대표적인 예 등을 자신의 목소리로 표현하면, 표현하는 과정에서 확실하게 이해하거나 암기하게 되며 자유자재로 활용할 수 있습니다. 암송할 정도로 충분히 회상할 수 없다면 기억하기 힘든 부분을 다시 찾아서 읽습니다.

여섯 번째 단계는 복습하기(Review)입니다. 이는 이전 암송 단계에서 이해하지 못한 부분이나 만족스럽지 못한 부분을 다시 재점검하는 과정입니다. 머릿속에서 전체 내용을 검토하고, 앞의 5단계를 반복하면서 지속적으로 기억하기 위한 복습을 실행합니다.

즉, 책에 있는 모든 단어와 문장을 다 읽는 것보다 중요하지 않은 단어나 내용은 과감히 생략하며 읽는 것이 효과적입니다.

또 얼마나 많은 책을 빨리 읽느냐보다도 한 권의 책을 얼마나 정확하게 잘 이해하며 읽었느냐가 중요하고, 한 번에 집중해서 읽고 끝내는 것이 아니라 3~4번 반복해서 읽는 편이 좋습니다. 책은 깨끗이 보지 말고 중요한 내용을 표시해서, 다시 읽을 때 원하는 부분을 쉽고 빠르게 찾도록 해야 합니다.

지구촌에서 가장 영향력이 높은 빌 게이츠(Bill Gates)는 현재의 자신을 키운 것은 어린 시절 동네의 작은 마을 도서관이라고 말했습니다. 도서관에는 수많은 책이 있지요. 요즘은 코로나로 인해 마음껏 갈 수 없지만 나중에 자유롭게 동네 도서관에 갈 수 있다면, 아이와 손잡고 도서관에 자주 방문해 책도 읽고 놀기도 하면서 책 읽는 분

위기를 계속 경험시켜주는 것이 필요합니다. 책이 익숙해지면
'PQ4R 읽기'를 통해 아이의 책 읽기 능력을 숙달시켜 주세요.

06 ▪ 몰입 : 주의력과 집중력을 모두 잡아라

'몰입(Flow)'은 무언가에 흠뻑 빠져있는 심리적 상태입니다. 이는 주위의 모든 잡념, 방해물, 시간의 흐름 등을 차단하고 물 흐르는 것처럼 편안한 느낌으로 자신이 원하는 한 가지 일에만 정신을 집중하는 상태입니다.

즐겁게 탐색하며 몰두하고 공부할 때 일어나는 최적의 심리상태로, 심리학자 미하이 칙센트미하이(Mihaly Csikszentmihalyi)는 삶에서 행복의 전제로 '몰입'이라는 용어를 사용했습니다.

'주의(Attention)'는 시각이나 청각 같은 감각기관을 통해 들어오는 여러 자극을 의식적인 노력 없이 선택하고 자연스럽게 반응하는 활동 및 상태를 말합니다. 예를 들어 큰 소리나 이상한 냄새를 알아차린다든가 인기 아이돌의 광고나 아름다운 이성에 끌리는 경우입니다.

'집중(Concentration)'은 한 가지 일에만 일정 시간 동안 연속적 주의를 기울이는 것을 말하며, 지속적 주의라고도 표현합니다. 대부분의 사람이 주의와 집중을 혼동하여 사용하지만, 다른 개념입니다.

초등학교 아이를 둔 학부모를 대상으로 조사한 결과, 70~80%의 학부모는 자신의 아이의 주의가 산만하다고 대답했습니다. 의자에 진득이 앉아서 책을 읽거나 공부하면 좋은데 책을 잘 읽다가도 금방 싫증 내거나 한시도 가만있는 모습을 보기 힘들다고 많이 걱정하는 것이지요.

만약 아이가 스마트폰 게임이나 유튜브 시청은 2~3시간도 거뜬히 하지만 수학 공부는 채 30분도 못 한다면 주의력은 높지만 집중력은 낮다고 표현할 수 있습니다.

치료적 개입에 있어서도 주의력과 집중력에는 다르게 접근해야 합니다. 주의력이 부족한 학생은 대체로 집중력 또한 낮습니다. 주의력 결핍이 있는 학생은 지속적으로 매우 산만하고 부주의한 행동을 하는데, 이러한 증상을 방치하면 아동기 내내 여러 방면에서 어려움이 생기고 지속될 수 있습니다.

일부의 경우, 청소년기와 성인기가 되어서도 증상이 남습니다. 우리나라 초등학생의 경우 주의력 결핍 비율이 추정치로 최대 15%까지 보고됩니다.

결론적으로, 주의력을 넘어 집중력까지 높이는 게 중요한데, 집중력은 후천적 노력에 의해 향상시킬 수 있다는 주장이 보편적입니다.

아이의 집중력을 키우면 궁극적으로 공부에 몰입하는 힘을 키워나 갈 수 있습니다. 집중력이 높아지면 스스로 주변 환경을 조절하여 공부 방해 요소를 차단할 수 있고, 몰입하여 공부하는 능력이 발달할 뿐 아니라 공부하는 과정에서 만족감, 성취감, 자긍심도 높아집니다.

물론 누구나 항상 집중력이 잘 발휘될 수만은 없습니다. 집중이 잘 될 때도 있지만 안 될 때도 있지요. 집중의 정도는 시간과 상황, 조건 등에 따라서 달라질 수 있습니다. 예를 들어 2시간 이상을 계속 앉아서 집중해서 공부한다는 것은 역도선수가 무거운 물건을 2시간 동안 들고 있는 일과 같을 것입니다.

학교에서도 수업시간과 쉬는 시간이 번갈아 짜여있지요. 집중력이 유지되는 공부 시간은 연령에 따라 다르지만 보통 30~60분 정도(초등학생의 경우 30분)가 효율적이라고 합니다. 이는 과목의 난이도에 따라서 달라질 수 있습니다.

우선 학생이 집중해서 책을 읽거나 공부할 수 있는 시간이 어느 정도인지 파악해야 하며, 적절한 집중시간을 찾는 것이 중요합니다.

공부하는 동안 잡념으로 인해 집중하기 어려울 때는 메모지를 준비해서 잡념 횟수를 체크해 보는 방법으로 시각화를 통해 잡념 빈도를 줄일 수도 있습니다. 떠오르는 잡념을 메모지나 포스트잇에 글로 써

보는 방법도 효과적입니다.

짧은 시간 쉽게 집중할 수 있는 적은 양의 공부계획을 과목별로 미리 정해서 집중이 잘 안 될 때 활용해 보는 방법과 스톱워치를 사용하여 제한 시간을 정해서 공부하는 방식을 활용하다 보면 점점 공부에 몰입하는 시간이 길어질 것입니다.

하루 중 일반적으로 집중력이 가장 높은 시간은 낮 시간대입니다. 이때 체온이 가장 높은데, 보통 체온이 높으면 혈액순환이 잘되고 두뇌에 혈액공급이 잘돼 두뇌 활동이 활발해지고 집중력도 높아진다고 합니다.

하지만 이 낮 시간이 모든 아이의 집중력이 높아지는 골든타임이라고는 말할 수 없습니다. 아이가 졸리고 피곤하지 않은 컨디션이 좋은 시간, 비교적 조용하며 유혹이 적은 시간이 좋습니다.

집중력을 향상시키기 위해서는 아이 방과 집 안의 분위기 등 공부 환경도 중요합니다. 공부하는 시간만큼은 문밖에 '공부 중'이라는 표시판을 걸어두어 가족들도 대화를 삼가고 조용한 분위기를 유지하도록 합니다.

책상 및 주변에는 공부를 방해하는 물건이 없도록 하며 공부에 집중할 수 있게 잠옷 등의 복장은 피합니다. 반사되면 눈의 피로와 두통을 유발할 수 있는 조명은 피해 간접조명으로 선택하고, 방의 온도는 18~21℃로 유지하는 것이 적당합니다.

몰입은 아이의 학업능력과 도전의 난이도에 따라 세 가지 상태로 나뉩니다. 학업능력이 낮고 도전의 난이도가 높을 때는 불안의 상태, 학업능력과 난이도가 적절한 수준일 때는 집중의 상태, 학업능력이 높고 난이도가 낮을 때는 지루함의 상태를 띱니다.

몰입은 목표에 달성하기까지 걸리는 공부 시간을 단축하고 적극적인 참여를 촉진하는 등 학업성취에 긍정적인 영향을 줍니다. 또 호기심과 흥미, 열정 같은 긍정적인 감정을 경험하게 하고, 어려운 과제에 도전하게 하며, 강한 집중력을 유발합니다.

따라서 몰입을 유도할 수 있는 공부 환경의 제공이 필수입니다. 현재 아이의 몰입도가 궁금하다면 아래의 '학습몰입 문항'을 체크해 보세요.

■ 학습몰입검사 문항

번호	문항	체크
1	나는 내가 해야 할 일이 무엇인지를 분명하게 알고 있다.	
2	공부하는 동안 내가 제대로 하고 있는지 스스로 알 수 있다.	
3	나는 내게 주어진 과제를 정확하게 처리했는지 알 수 있다.	
4	나는 수업 시간에는 수업내용에 관심을 둔다.	
5	나는 수업 시간에 학습이란 것은 자연스럽게 일어나는 것 같다.	
6	나에게 공부는 당연히 해야 할 일이다.	
7	나는 공부하는 동안 그 공부 내용에만 신경을 쓰는 편이다.	
8	좋아하는 과목을 공부할 때면 그 공부 외에 다른 생각은 나지 않는다.	

9	나는 선생님이나 부모님이 시키기 전에 스스로 알아서 공부한다.	
10	나는 주어진 과제를 해결하는 과정 그 자체가 재미있고 즐겁다.	
11	나는 수업 시간에 새로운 내용을 배우는 그 자체가 즐겁다.	
12	나는 공부를 즐긴다.	

■ 출처: 석임복의 학습몰입 척도

어떤 일이든 집중하고 몰입하게 만드는 조건은 '관심' 입니다. 관심을 갖기 위해서는 아이에게 중요한 의미가 있어야 합니다. 결국 꿈과 목표가 있어야 하며, 그 목표를 이루기 위해 지금 해야 할 일들에 대한 계획이 있어야 합니다.

아이가 스스로 계획 달성 여부를 체크하려면 진로 목표와 성적 목표, 요일별 기본시간표, 일주일간의 주간계획, 구체적인 일일계획 등이 포함된 집중계획 노트를 작성해야 하고, 집중 공부가 가능한 골든타임도 파악해야 합니다. 주의력을 집중할 수 있는 공부 환경과 목표 설정이 가장 중요합니다.

07 : 숙면 : 공부머리는 잠으로 완성하라

최근 한국청소년정책연구원이 발표한 자료에 따르면 우리 나라 초등학생의 평균 수면 시간은 8시간 41분이라고 합니다. 아이마다 차이는 있겠지만, 보통 초등 저학년생의 경우 최적 수면 시간은 10~11시간, 고학년생의 경우 9~10시간 정도가 적절하다고 합니다.

하지만 아이가 초등학교에 입학하면 본격적으로 수면 시간이 부족해지는 게 다반사입니다. 학원을 여러 군데 다니다 보니 과제도 많은 데다 스마트폰으로 게임이나 SNS 등을 하다 보면 잠자는 시간이 부족해지는 것이지요.

뇌파 연구를 통해 많이 연구되어 온 수면은 총 5단계에 걸쳐서 일어나며 그중 맨 마지막 단계인 렘수면(Rapid Eye Movement, REM)이 4단계 시작 후 45분 후에 나타나는데, 이는 수면 단계 중에서도 두뇌 활동이 가장 활발한 구간입니다.

잠들 때부터 깨어날 때까지 렘수면은 약 90분 간격으로 4~6회 발생하며 보통 짧게는 10분, 길게는 30분가량 진행됩니다. 이때 대부분의 사람은 꿈을 꿉니다. 전체 수면 시간 중 렘수면이 차지하는 비중은 어렸을 때 가장 많으며 성장하면서 줄어든다고 합니다. 그래서 어릴수록 꿈을 많이 꾼다고 합니다.

'MRI 단층촬영을 통한 수면 부족이 두뇌에 미치는 영향'에 대한 연구는 아이가 수면 부족으로 피곤하면 뉴런과 뇌에서 정보를 전달하는 신경 연결 부위인 시냅스가 영향을 받아 단기기억이 힘들고 충동 조절이 안 되어서 수업 집중력을 저하시키는 원인이 된다고 말합니다.

수면 연구자들은 수면 시간의 작은 차이도 아이들의 공부 능력에 커다란 차이를 가져올 수 있다고 말하며, 폴 서랫(Paul Suratt) 박사는 "수면장애는 납에 노출된 것만큼 아이의 지능을 해칠 수 있다."라고 경고하였습니다. 게다 수면 부족이 계속되면 불면증과 같은 수면장애로 이어질 수 있습니다.

아이의 뇌는 활발한 두뇌 활동에 대비하기 위해 잠자는 동안 불필요한 시냅스를 정리하고 필요한 회로를 준비합니다. 그런데 잠이 부족하면 뇌에서 이 준비를 제대로 할 수 없어 깨어났을 때 뇌 활동이 위축됩니다.

잠자는 동안 두뇌는 그날 공부한 내용, 예를 들어 영어 동화책을 읽은 경우 어휘뿐만 아니라 발음과 억양, 입 모양 및 몸동작 등을 수면의 단계에 따라 효율적인 저장 영역으로 이동시킵니다. 수면 부족은 이 과정에 부정적인 영향을 줍니다.

최근 연구에서 잠을 충분히 잔 학생과 제대로 자지 못한 학생의 성적을 비교한 결과, 잠을 충분히 잔 학생의 성적이 그렇지 못한 학생에 비해 평균 20% 이상 좋았다고 합니다. 어릴 때부터 아이들에게 좋은 수면 습관과 환경을 만들어 줄 필요가 있습니다.

또한 일정한 시간에 규칙적으로 잠자리에 들도록 유도해야 합니다. 숙면을 취할 수 있는 몇 가지 요건을 살펴보면 다음과 같습니다.

숙면을 취하는 방법

① 잠드는 시간을 지켜라

수면의 실제적인 질을 높이기 위해서는 수면 시간도 중요하지만 잠드는 시간도 중요합니다. 되도록 저녁 10시부터 일정하게 잠자리에 들도록 유도하는 것이 좋습니다. 충분히 자고 아침에 상쾌한 기분으로 일어나 공부를 시작하는 것이 주의력과 집중력, 기억력 향상에 더 효과적입니다.

하지만 잠이 잘 오지 않는다고 할 때는 억지로 재우는 것보다 책을 읽거나, 이야기를 들려주거나, 잔잔한 음악을 듣는 등 정적인 활동을 하다가 졸릴 때 다시 잠자리에 들게 하는 것이 좋습니다.

② 해결하지 못한 과제는 다음날 이어서 수행하게끔 정리하라

해야 할 과제와 남은 목표 공부 분량 등으로 걱정과 불안, 스트레스가
심한 경우 아이는 편하게 잠들기 어렵겠지요. 이때는 잠자리에 들기 전
에 해결하지 못한 과제나 공부 내용 등에 대한 고민을 종이에 모두 적어
두고 다음 날 다시 생각하게 한다면 도움이 됩니다.

③ 음식물 섭취를 조절하라

카페인이 많은 콜라 등의 청량음료를 먹을 경우 뇌를 자극하여 각성효
과가 지속될 수 있으므로 피합니다. 또, 잠들기 3시간 전에는 과식을 피
하고 2시간 전에도 가급적 간식을 먹지 않는 것이 좋습니다. 음식물 섭
취는 위장뿐 아니라 자율신경계와 심장에 부담을 주기 때문에 편안한
수면을 방해할뿐더러 심하면 수면장애를 유발할 수 있습니다.

④ 스마트폰을 멀리 두어라

잠잘 때는 방을 어둡고 조용하게 하여 수면을 유도하고, 스마트폰은 침
대에서 멀리 두는 것이 좋습니다. 스마트폰이 옆에 있으면 만지고 싶은
유혹과 불빛 때문에 쉽게 잠들 수 없습니다.

⑤ 규칙적인 수면리듬을 유지하라

정상적인 수면리듬을 위해 낮잠은 짧게 30분 정도 자는 것이 적당합니다. 평소보다 좀 늦게 잠자리에 들었어도 다음날에는 규칙적으로 정해진 시간에 일어나야 합니다. 다음날 활동에 지장을 받지 않으려면 한 번에 너무 긴 시간을 몰아서 자는 일은 피해야 합니다.

아직도 우리 사회는 수면 시간이 긴 사람은 게으른 사람이라고 생각하며 잠에 대해 부정적으로 인식하는 경우가 많은 것 같습니다.

하지만 수면 시간과 게으름 사이에는 전혀 상관관계가 없습니다. 반대로 숙면을 통해 아이들의 뇌는 건강해지고, 공부도 더 활기 있게 잘할 수 있습니다. 오늘부터 아이의 수면습관에 관심을 가져보세요.

PART

05

세 번째 DIY 전략 :
아이와
몸을 움직일 것

01 : 시간 관리의 시작, 목표계획표 작성하기

코로나19로 전통적인 교실수업이 새로운 형태의 원격수업으로 대체되면서 아이들의 일상은 급격하게 변화했으며, 스스로 계획을 세우고 실천하는 시간 관리 능력의 중요성은 더욱 강조되고 있습니다.

초등학생들은 중·고등학생들에 비하여 스스로 시간을 관리하는 능력이 부족하고, 부모 의존도가 높습니다. 원격수업은 아이 스스로 자유롭게 학습하고 과제를 수행하는 개인 시간이 많은 형태이므로 시간 관리 능력이 중요한데, 이는 어렸을 때부터 훈련을 통하여 습관화할 필요가 있습니다.

'시간 관리'란 좁은 의미로 시간을 효율적으로 사용하는 것이라고 해석할 수 있지만, 넓은 의미로는 목표를 달성하기 위해 계획하고 수행하며 전반적으로 자신을 관리하는 것, 다시 말해서 '주어진 시간을 자신의 목표에 맞게 계획해서 사용하는 것'을 말합니다.

식사 후에 3분간 양치질을 하듯 일상에서 반복하는 습관이며, 양치질을 안 하거나 잘못된 방법으로 하면 잇몸 건강에 좋지 않듯 제대로 잘 관리해야 하는 영역입니다. 잘못된 습관은 고치기 어려우니 말입니다.

앞서 강조했듯, 시간 관리는 목표 설정에서 시작됩니다. 여행을 계획할 때도 가장 먼저 목적지를 정하듯 무슨 일이든 일단 목표를 정하는 것이 최우선입니다. 목표는 목표를 달성할 시기와 달성하고자 하는 내용, 달성 가능성을 잘 고려해서 구체적으로 정해야 합니다. 달성 가능성은 너무 높지도 낮지도 않아서 어렵지만 도전하면 이룰 수 있는, 현재 능력의 120% 정도면 적당합니다. 예를 들어 체중이 많이 늘어 운동을 계획한다면 '집 앞에서 매일 줄넘기 100회 하기' 등으로 정하는 것입니다.

습관 하나를 새롭게 만들기란 무척 어려운 일입니다. 긴 시간 반복해야 하고 자신을 길들이는 과정이기에 욕심이 과하면 실패할 수 있지요. 따라서 처음에는 쉽게 따라 할 수 있는 작은 일부터 시작해 구체적인 목표에 도달하기까지 차근차근 익히는 과정이 필요합니다.

우선 목표를 달성하기 위해서는 규칙적인 생활이 기본입니다. 매일 정해진 시간에 일어나고, 정해진 시간에 운동하고, 정해진 시간에 공부하고, 정해진 시간에 잠자리에 들도록 합니다. 정해진 시간은

'미리 계획한 시간' 이라는 의미로 매번 같은 시간을 의미하지는 않습니다.

대신, 아이가 너무 늦게 자고 늦게 일어난다고 생각된다면 1시간이라도 더 일찍 자도록 계획하는 것이 좋습니다. 그렇게 하루를 여유 있게 시작해서 계획한 목표를 달성하는 데 활용하면 됩니다.

하루에 수행할 목표 중 반드시 해야 하는 중요 과제는 꼭 자신의 수행 능력에 맞춰 계획합니다. 이는 학년별, 개인별로 차이가 있을 것입니다. 그렇게 중요 과제 및 시간 계획을 세웠으면 눈에 잘 띄는 곳에 붙여놓습니다.

머릿속으로 생각만 하지 말고 기록하는 것이 중요합니다. 전용 수첩이나 학습 플래너가 필요합니다. 부모는 아이가 계획을 꾸준히 실천할 수 있도록 지속적인 관심을 가져주고, 시간 관리의 걸림돌이 있다면 무엇인지 파악해 해결할 수 있도록 아이를 지원해 주어야 합니다.

시간 관리의 대표적인 걸림돌은 완벽주의, 미루는 습관, 속도나 분량 조절의 실패, 미숙한 계획 등입니다.

시간 관리를 위한 계획표에는 크게 '시계 모양 계획표' 와 '과제 일정 계획표' 가 있습니다. '시계 모양 계획표' 를 작성할 경우 규칙적이고 반복적인 활동을 먼저 기재합니다. 그 후 비어있는 다른 시간

시계모양계획표	과제일정계획표

■ 출처 : '아이와 함께하는 소소한 일상' 블로그

대에 나머지 활동을 분배해 작성합니다.

장점은 한눈에 전체 일정이 보인다는 것이고, 단점은 한 번 할 일이 밀리면 다음 계획들까지 모두 영향을 받는다는 것입니다. '과제 일정 계획표'는 그날 할 일만 작성하면 되기 때문에 간단하며 다음 계획을 수정하기도 쉽습니다. 반면에 중요한 일도 쉽게 미룰 수 있고 한눈에 전체 일정을 보기 어려운 점은 단점입니다.

아이가 초등학교 1~3학년생일 경우 그림을 그리며 흥미롭게 계획표를 짤 수 있는 시계 모양 계획표가 좋으며, 초등학교 4~6학년생일 경우 과제 일정 계획표를 활용하는 것이 좋습니다. 작성한 계획표가 있는 수첩이나 플래너를 갖고 다니면 더 좋습니다.

아이들은 "해야 할 일은 많은데 시간이 부족해요."라고 말합니다. 정말일까요? 한 초등학교 교사는 아이들이 알게 모르게 흘려보내는 시간이 많다고 말합니다. 생각 없이 스마트폰을 보거나 게임하는 시간도 많고, 누군가를 따라 하거나 오래 기다리며 허비하는 시간도 많습니다.

애플의 창업자인 스티브 잡스(Steven Jobs)는 "인생에서 당신이 가진 유일한 자산은 시간"이라고 말했지만, 이를 아주 어린 나이부터 일찍 깨닫고 시간을 잘 활용하기란 어렵습니다. 아이와 대화하며 무심코 시간을 낭비하는 경우는 없는지 생각할 기회를 주세요. 아이에게 만약 지금 5~10분의 자투리 시간이 생긴다면 어떻게 활용하고 싶은지 질문하고, 수첩 등에 적게 해보세요. 아이에게 시간 관리에 관한 작은 깨달음을 줄 수 있지 않을까요?

02 : 우선순위를 분류해 시간을 투자하라

영화 「In Time」은 사람이 25세가 되면 일제히 모든 소비 비용이 1년의 유예 시간 내에서 차감되기 시작하는 '비용이 시간으로 계산되는 미래'를 담은 영화입니다.

커피 1잔은 4분, 권총 1자루는 3년, 스포츠카 1대는 59년, 버스요금은 3시간처럼 삶에 필요한 모든 재화가 시간으로 계산돼 각자에게 주어진 1년이란 범위 내에서 차감됩니다. 이 미래를 배경으로 인간의 수명을 늘리기 위한 전쟁 아닌 전쟁이 벌어지는 내용이지요.

이 영화는 "시간은 물질적인 가치보다, 돈보다 소중하다."라는 메시지를 전합니다.

실제로 사람들은 하고 싶은 일이나 해야 할 일이 많지만 시간이 한정적이기 때문에 할 일에 우선순위를 정해야 하고, 애매한 경우는 시간의 가치를 계산해서 합리적인 선택을 내리기 위해 고민하지요.

이럴 때, 우리가 우선순위를 정하는 큰 기준은 '얼마나 더 중요한

가?' 와 '얼마나 더 급한가?' 입니다. '얼마나 더 중요한가?' 는 목표와 연관 있으며, '얼마나 더 급한가?' 는 마감시간과 연관이 있습니다.

예를 들어 국어 점수 10점을 올리겠다는 목표가 있다면, '하루에 1시간 책 읽기' 가 'TV 시청' 에 비해서 중요도 면에서 관련성이 높습니다. 또, '내일까지 제출해야 하는 과제물' 이 있다면 마감시간이 얼마 남지 않았기 때문에 '다음 달 제출할 수행평가' 준비보다 긴급한 일이라고 말할 수 있습니다.

즉, 중요하고 급한 일에 따른 우선순위는 '중요하고 급한 일', '중요하지만 급하지 않은 일', '중요하지 않으나 급한 일', '중요하지도 급하지도 않은 일' 의 네 가지로 나누어 볼 수 있는데, 이는 미국의 대통령이자 2차 대전 당시 연합군의 최고 사령관이었던 드와이트 아이젠하워(Dwight David Eisenhower)가 고안한 방식입니다.

'중요하고 급한 일' 에는 며칠 후에 보는 시험이나 당장 제출해야 하는 숙제 등이 있으며, '중요하지만 급하지 않은 일' 에는 대부분 중·장기를 목표로 진행하는 일들이 포함됩니다. '중요하지 않으나 급한 일' 은 친구의 카톡에 빨리 답장하는 일 등이며, 마지막으로 '중요하지도 급하지도 않은 일' 에는 침대에 눕는 일, 스마트폰으로 SNS를 하거나 친구들과 게임하는 일 등이 포함됩니다. 우선순위를 정해본다면 예시한 순서대로 처리하는 것이 옳습니다.

이처럼 우선순위는 중요도와 긴급도에 따라 정해지는 순서이지, 하고 싶은 일의 순서가 아닙니다. 수많은 하고 싶은 일과 해야 할 일 중에서 우선순위를 정할 때는 먼저 아이의 목표가 무엇인지를 분명하게 인식한 뒤, 위의 4가지로 구분해야 합니다.

우선순위 표

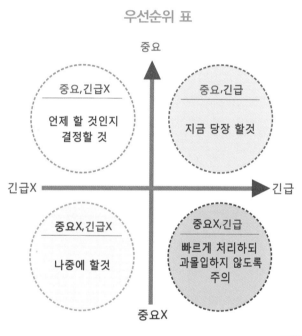

■ 출처 : 에듀팡

즉, 할 일 목록을 수첩이나 계획표에 적을 때에는 항상 중요도와 긴급도를 생각해야 합니다. 코비리더십센터의 창립자인 스티브 코비

(Stephen Covey)는 "시간표에 따라 우선순위가 정해지는 것이 아니라, 우선해야 할 일에 따라 시간표를 세워야 한다."라고 하였습니다. 계획표를 짤 때는 우선순위와 함께 파레토 법칙도 고려해야 합니다. '파레토 법칙'은 이탈리아의 경제학자인 빌프레도 파레토(Vilfredo Pareto)가 개미를 관찰하다가 개미 무리 중 20%의 개미만이 열심히 일한다는 것을 발견하고 만든 법칙으로 '20:80 법칙'이라고도 불립니다.

여기서 빌프레도 파레토는 "이탈리아 인구의 20%가 이탈리아 전체 부의 80%를 가지고 있다."라는 결론을 얻었습니다. 즉, 이 개념은 전체 결과의 80%를 전체 원인의 20%가 만들어 내는 현상을 가리킵니다.

예로 "백화점에서 상위 20% 고객이 구입하는 매출액이 전체 백화점 매출액의 80%를 차지한다.", "대게 기업의 20%의 핵심제품이 80%의 영업이익을 가져다준다." 등이 있습니다.

이 파레토 법칙은 오늘날의 경영, 경제 문제뿐만 아니라 사회 분야의 많은 현상을 간단명료하게 설명하는데, 이를 시간 관리에도 적용할 수 있습니다. 사람들이 하루 동안 하는 일 중 80%의 중요한 일들은 일한 시간의 20% 동안에 이루어집니다.

즉, 하루 24시간 중 4~5시간에 해당하는 시간 동안 80%의 중요한 일이 이루어지는 것입니다. 다시 말해, 하루 동안 우리는 다양한 일을 하면서 시간을 보내지만 정말로 중요한 일을 위해 쓰이는 시간은 4~5시간 정도이며, 그렇기 때문에 하고 싶은 일이 많아도 지속적으로 집중해야 하는 중요한 한 가지 일을 빨리 파악해서 먼저 집중적으로 시작하는 것이 중요합니다.

아이가 설정한 목표에 따라 하루 1~2시간씩 한 분야에 관련된 일을 몇 년간 꾸준히 한다면 어떨까요? 자동차와 관련된 과학기술 분야여도 좋고 자연체험, 외국어 회화 공부, 예체능 분야도 좋습니다. 어떤 분야든 아이의 삶에 큰 변화를 가져다줄 것은 분명합니다. 아이와 함께 꾸준한 시간의 투자가 불러올 5년, 10년 후의 모습에 대해 얘기해 보면 어떨까요?

03 : 공부를 방해하는 시간도둑을 찾아라

 최근 초등학생들의 유튜브 사용량이 급증하고 있으며 영향력도 커지고 있습니다. 유튜브는 56개 국가 10억 명의 사람들이 접속하는 세계 최대 규모의 동영상 플랫폼으로, 1분당 100시간이 넘는 동영상이 업로드되어 재생됩니다.

한 연구에 의하면 초등학생의 50.4%가 '하루에 1시간 이상 유튜브를 시청한다.'라고 응답하였고, '하루에 3시간 이상 시청한다.'라고 응답한 비율도 15.6%나 됩니다. 다른 업체의 조사에 의하면 응답자의 32.3%가 '유튜브를 매일 시청'하였으며, 학년이 올라갈수록 시청 빈도는 높아졌습니다.

또 다른 조사는 응답자가 유튜브를 카카오톡, 네이버, 페이스북 등의 타 소셜미디어 이용시간을 합친 것보다 더 오랜 시간 사용하며, 사용 목적으로는 '음악을 듣거나 동영상을 시청하는 시간'이 가장 길었고, 그다음은 '게임방법이나 게임 소개영상을 시청하는 시간'

초등학생들의 유튜브 이용량과 영상 분야

☑ 우리 친구는 유튜브를 얼마나 자주 보나요?

• 매일본다	32.3%
• 일주일에 3번이상	20.8%
• 일주일에 1~2번	21.3%
• 한달에 1~2번	13.2%
• 전혀보지않는다	12.4%

☑ 내가 가장 좋아하는 유튜브 영상 분야는?

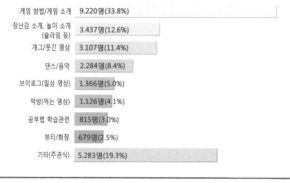

게임 방법/게임 소개 9,220명(33.8%)
장난감 소개, 놀이 소개 (슬라임 등) 3,437명(12.6%)
개그/웃긴 영상 3,107명(11.4%)
댄스/음악 2,284명(8.4%)
브이로그(일상 영상) 1,366명(5.0%)
먹방(먹는 영상) 1,126명(4.1%)
공부법 학습관련 815명(3.0%)
뷰티/화장 679명(2.5%)
기타(주관식) 5,283명(19.3%)

■ 출처 : 아이스크림에듀

이 길었다고 합니다.

이제 유튜브는 아이들의 생활 전반에 직접적인 영향을 주고 있습니다. 경기도교육연구원의 한 연구원은 초등학생에게 유튜브는 궁금한 것이 있을 때 가장 먼저 검색해 보는 비공식적인 학습공간이자 다양한 소통을 경험하는 곳이라고 말했습니다.

이는 이미 하나의 흐름이기에 유튜브가 공부를 방해한다고 스마트 폰 사용을 무조건 금지하고 아이가 유해한 콘텐츠를 시청할까 봐 전전긍긍하는 것보다는 아이들이 시청하는 콘텐츠를 스스로 비판 적인 시각으로 바라볼 수 있도록 가정과 학교에서 가르치는 일이 먼저일 듯싶습니다. 진짜 아이들의 공부를 방해하는 시간도둑은 무 엇일까요?

아이들의 공부를 방해하고 시간 관리에 실패하게 만드는 주요 원인 은 '미루기'입니다. 아이가 계획한 일을 미루는 원인은 여러 가지겠 지만, 기본적으로 '지금 그 일이 하기 싫다.'라는 마음이 가장 큰 이 유일 것입니다.

한 연구에 의하면 '미루기' 행동의 많은 원인 중에는 아이가 그날 할 일이 소화할 수 없을 정도로 많아서 질리는 경우, 해야 할 필요성을 못 느끼는 경우, 해야 할 일을 완벽하게 하려다 보니 시간이 부족한 경우 등이 있다고 합니다.

결과적으로 미루는 습관이 반복되면 불안감과 죄책감과 스트레스를 낳고, 벼락치기 공부를 하게 돼 학습 결과도 좋지 못하고, 이는 낮은 자존감의 원인이 되므로 개선하는 것이 좋습니다.

미루는 습관을 줄이는 방법은 해야 할 일을 작은 단위로 나눠서 조금씩 미리미리 해나가게 하는 것입니다. 우선 아이의 계획표를 보면서 아이가 하루에 해야 할 일이 감당할 수 없을 정도로 많은 건 아닌지 점검할 필요가 있습니다.

또 다른 방법은 아이가 싫어하는 일부터 먼저 하고 좋아하는 일을 하게 하는 것입니다. 심리학자 데이비드 프리맥(David Premack)에 의하면 수학 공부를 싫어하는 아이에게 수학 공부를 하면 좋아하는 게임을 할 수 있다고 약속했을 때, 수학 공부 빈도가 높아졌다고 합니다.

아이가 그날 목표한 일을 모두 달성하였다면 보상이 있어야 합니다. 예를 들어 '오늘 할 일을 오후 7시까지 끝내면 저녁식사 이후에 스마트폰 게임을 1~2시간 할 수 있다.' 등을 포함해 처음부터 시간 계획을 세우면 도움이 됩니다.

시간은 모두에게 공평하고 무료로 나눠진 자원이지만, 시간을 제대로 관리하지 못하여 시간을 도둑질당하거나 낭비하는 일이 적지 않습니다.

유명한 다이어리 '프랭클린 플래너'를 만드는 플랭클린코비사의 공동 설립자 하이럼 스미스(Hyrum Smith)는 원하지 않는데 우리의 시간을 빼앗거나 낭비하게 하는 요인을 '시간도둑'이라고 불렀으며, 이를 외적인 것과 내적인 것으로 구분하였습니다.

외적인 시간도둑에는 불필요한 대화, 과도한 공부, 우선순위의 충돌, 의사소통 부족, 소음 등이 있으며, 내적인 시간도둑에는 실천력 부족, 끝내지 못한 공부의 방치, 정리되지 않은 공간, 과도한 의욕, 엉성한 계획, 괜한 걱정 등이 있습니다.

시간도둑은 모든 학생에게 똑같은 것은 아니며, 어떤 학생에게는 시간도둑인 것이 다른 학생에게는 시간도둑이 아닐 수도 있습니다.

하지만 시간도둑이라고 생각된다면 제거하기 위해 노력해야 합니다. 시간을 확보하고 성공적으로 관리하기 위해서 제대로 된 스케줄을 계획하고 실천하려는 습관화가 중요합니다.

앞서 말했듯 한 번에 장시간 공부하는 것은 바람직하지 않으며, 매일 같은 시간에 습관적으로 공부하는 것이 좋습니다. 또, 중간에 계획하지 않은 일이 언제든 발생할 수 있기 때문에 계획을 세우고 실천할 때는 어느 정도 유연해야 합니다.

만약 수업시간이 1시간이라면 2시간 정도의 자기 학습시간을 가지려는 노력이 필요합니다. 밥을 먹는 시간보다 소화시키는 시간이 더 필요하고 결국 소화되어 몸속에서 영양분이 되는 것이 중요한 이유와 같습니다.

또한 집중이 잘되는 시간에 어려운 과목을 공부하는 것이 더 효율적입니다. 어려운 과목은 공부할 때 시간이 오래 걸리고, 집중해서 해야만 계획한 목표를 달성할 수 있기 때문에 집중이 잘될 때 어려운 과목을 공부하는 것이 좋습니다.

집중이 잘되는 시간은 아이 스스로 잘 알 것입니다. 하루에 비슷한 과목끼리 공부할 계획을 세우기보다는 비슷하지 않은 과목을 묶어 공부할 계획을 세우는 것도 좋습니다. 예를 들어 수학과 과학을 하루에 몰아 공부하는 것보다 수학과 사회를 함께 공부하는 것이 지루함이나 헷갈림을 방지해 더 좋을 수 있습니다.

시인이자 소설가인 데이비드 커디안(David Kherdian)의 "어린 시절 배운 것은 돌에 새겨지고, 어른이 되어 배운 것은 얼음에 새겨진다."라는 말처럼 아이의 공부습관은 평생을 좌우할 만큼 중요합니다. 먼저 아이의 학습량이 적정한지 점검하고, 시간도둑을 찾아 미루는 습관을 개선한 뒤, 목표에 도달하면 충분한 보상을 해주세요.

04 : 플래너는 공부할 방향을 알려주는 안내자다

요즘 서점이나 대형마트의 문구류 코너에 가면 다양한 스터디 플래너가 진열되어 있습니다. 인터넷 스토어는 말할 것도 없지요. 초등, 중·고등, 대학, 직장인 등으로 용도가 세분화되어 각자 알차게 구성되어 있습니다.

그런데 이 스터디 플래너를 잘 활용해 초등학교 시절부터 고등학교를 졸업할 때까지 줄곧 상위권 성적을 유지했다고 말하는 학생도 있지만, 거꾸로 플래너 관리에 너무 신경 쓰다 보니 시간을 뺏겨서 전혀 도움을 받지 못했다고 말하는 학생도 있습니다.

도움이 되지 않는다고 말한 아이의 대부분은 플래너 사용법을 충분히 숙지하지 않았거나 끈기 있게 작성을 이어가지 못했습니다. 사실 플래너는 공부 방법과 습관을 몸에 익히고 자신의 목표를 바라보며 앞으로 잘 나아가게 섬세히 알려주고 도와주는 안내자입니다.

실제 초등학교 시절부터 플래너를 활용해 고등학생이 되어서까지 꾸준히 전교 1등과 전 과목 1등급을 유지했다고 밝힌 서울 소재 고등학교의 학생은 "플래너를 작성하면 지금 이 순간 내가 무엇을 해야 하고 어떤 일을 먼저 시작해야 하는지가 한눈에 보인다."라며 "계획표를 지키려고 노력한 덕분에 '오늘 안으로 할 수 있을까?' 생각하던 일들을 대부분 끝낼 수 있었다."라고 말합니다.

또한 "어릴 적부터 어머니께서 항상 종이 위에 계획을 쓰고 이에 따라 행동하는 습관을 가질 수 있도록 도와주셨어요. 스스로 계획을 세우고 실천하는 것이 중요하다는 걸 그때 배웠죠."라고 말했습니다.

플래너를 통해 스스로 공부 계획을 세워보고 조금씩 지켜가는 과정에서 성취감을 느끼면, 이것이 쌓이고 쌓여서 학업이 성장하고 발전하는 밑거름이 될 것입니다.

처음 플래너를 사용할 때는 공부할 과목과 해야 할 분량을 흥미 위주로 가볍게 메모하는 것부터 시작합니다. 1~2달 정도 지나서 메모하는 습관이 자리 잡은 다음에는 그날 할 공부의 우선순위를 정하고 최대한 구체적으로 공부할 분량을 작성해 봅니다.

습관이 제대로 형성되기 전에는 작심삼일로 끝날 수 있으므로 매일 자기 전 스스로 그날과 다음 날의 계획을 점검할 수 있게 하고, 아이가 플래너 작성을 할 때는 부모가 옆에서 공부 분량과 시간을 함께 조절해 주어야 합니다. 아이와 부모가 함께해야 합니다.

또, 공부를 시작하고 끝낸 시간을 기록하고 공부한 후 느낀 점도 써 보게 합니다. 아이가 공부를 끝내야 하는 시간에 집착하기보다 계획한 분량을 얼마나 실천했는지에 대해 집중할 수 있도록 지도합니다. 느낀 점을 쓸 때는 계획을 잘 실천하고 있는지 스스로 돌아보고, 만약에 잘 실천하지 못하고 있다면 개선할 점이 무엇인지 점검하고 하루를 마무리하도록 아이 옆에서 관심을 가지고 격려해 주어야 합니다.

초등 저학년일 경우에는 주도적인 플래너 작성이 어려울 수 있으므로 해야 할 일을 아이와 충분히 대화한 뒤 진행하며 적절한 보상도 제시해야 하고, 초등 고학년일 경우에는 아이 스스로 생각하고 계획할 수 있도록 충분한 시간을 주면서 부모가 지도해야 합니다.

초등학교 4학년 딸을 둔 한 부모는 처음엔 딸이 플래너 쓰기를 아주 귀찮아했는데, 어느 순간 노트 없이도 스스로 메모지에 할 일을 적고 다음 날의 계획과 주말 계획까지 미리 체크하는 모습을 보고 플래너 작성 습관의 위력을 절감했다고 합니다.

플래너를 작성할 때는 시간을 '고정시간, 자기주도 가능시간, 목표학습시간, 공부최적시간'의 4종류로 구분할 수 있습니다.

'고정시간'은 수업, 식사, 잠처럼 계획할 필요가 없는 시간을 말하며, '자기주도 가능시간'은 24시간 중에서 고정시간을 뺀 나머지 시간으로 관리가 필요한 시간을 말합니다. 이 자기주도 가능시간 중에서 목표달성을 위한 공부에 사용되는 시간을 '목표학습시간'이라고 말합니다.

앞서 말씀드린 파레토 법칙을 적용하면 자기주도 가능시간의 20% 정도가 목표학습시간이라고 말할 수 있습니다. 하지만 초등학생은 처음에 자기주도 가능시간의 15% 정도로 목표학습시간을 분배하고 점점 늘려나가는 편이 낫습니다.

또, 목표학습시간 중에서 집중이 잘되는 시간이 '공부최적시간'입니다. 공부최적시간은 기본적으로 집중하기 좋은 조용하고 졸리지 않은 시간이어야 하며 공부의 방해물이 적고 컨디션이 좋은 시간이어야 합니다.

마땅한 공부최적시간이 떠오르지 않는다면 가장 편안한 시간으로 정하고 실제로 공부하면서 집중이 잘되는지 확인해 보면 나만의 공부최적시간이 언제인지 알 수 있습니다.

주간시간표에 이 4가지 종류의 시간을 각각 다른 색으로 구분하여 표시해 봅시다. 색깔별로 실천사항을 적어보면 됩니다. 주간계획표가 작성되었으면 일일계획표도 과제 중심형으로 작성해 봅시다. 옆에 작은 칸을 만들어 시간도 기록합니다. 시간은 참고 확인용입니다.

또, 별도로 '메모' 칸을 만들어 공부 방해물을 적어보고 '휴식&놀이 계획' 칸과 '느낀 점' 칸도 만들어서 하루 전체를 계획표에 담아보는 연습을 해봅시다. 아이와 부모가 함께 충분히 대화하면서 계획표를 만들어 봅니다.

심리학에 '반응성 효과' 라는 말이 있습니다. 도서관이나 카페에서 공부하면 집중이 더 잘된다거나 자신이 공부하는 모습을 촬영하여 유튜브에 올리는 경우처럼 누군가 보고 있다는 것만으로 집중이 더 잘되는 경우를 예로 들 수 있습니다.

■ 출처 : 텐바이텐, '프랭클린 플래너'

이 효과를 통해서 자신의 행동을 관찰하고 잘못된 행동을 수정하는 것을 '자기감찰 기법' 이라고 합니다. 플래너를 작성하는 것은 대표적인 '자기감찰 기법' 입니다. 실천한 계획의 수를 전체 계획 수로 나눠서 백분율로 계획 성공률을 계산하고, 성취도 그래프를 그리는 것으로 아이의 계획적인 생활을 유도할 수 있습니다.

"매일 아침에 일어나서 1시간씩 독서하겠다."라고 플래너를 작성한 후에 계획한 목표를 가족이나 주변 사람에게 공개하는 것 역시 실천 가능성을 높여줍니다. 우선 크고 얇은 플래너 한 권을 구입하여 작은 목표부터 계획하고 써보도록 합시다.

05 : 시험계획을 세울 때는 간격을 활용하라

2011년 서울시교육청을 시작으로 경기·광주·전남·세종·울산 등 전국 대부분의 교육청은 초등학교의 중간·기말고사를 폐지하였습니다. 학생의 부담만 늘리는 획일적인 줄 세우기식 평가를 없애겠다는 이유였습니다.

2013년에는 학생들의 학업성취 수준을 진단하고 기초학력이 부족한 학생을 지원하는 취지의 초등학교 국가수준 학업 성취도 평가도 폐지하였고, 중학교 자유학기제도 자유학년제로 확대하면서 아이들은 사실상 중학교 2학년이 되어서야 정기시험을 치르게 되었습니다.

앞서 자유학기제는 2013년부터 시범적으로 시작하여 2016년, 전국 모든 중학교에 전면 도입되어 한 학기 동안 중간·기말고사 등의 시험을 보지 않고 다양한 활동을 체험하는 제도라고 말했습니다.

확대된 자유학년제는 희망하는 중학교 1학년을 대상으로 2018년 처음 도입되었고, 시행 후 여러 장점이 발견되어 2020년부터 부산, 대전 등 네 개 지자체를 제외한 전국 중학교로 확대되었으며, 한 학기가 아닌 1년 동안 시험을 보지 않습니다.

중학교 1학년 동안은 오전 교과수업이 끝나면 오후에는 학교에서 자율적으로 운영하는 예체능, 토론, 동아리 활동 중 본인이 선택한 활동에 참여하며 학생이 얼마나 적극적으로 수업에 참여하고, 주도적으로 학습하였는지, 과정을 평가합니다.

그렇다 보니 부모는 아이의 학업 수준이 어느 정도인지 궁금하고 불안한 마음에 사설교육업체에서 시행하는 시험이라도 보게 하려고 찾게 됩니다.

■ 자유학기제와 자유학년제 비교

자유학기제	자유학년제
한 학기에 4개 영역 진행 (진로탐색, 주제선택, 예술체육, 동아리)	영역 제한 없이 두 학기에 걸쳐 4개 영역 진행
1-1학기, 1-2학기, 2-1학기 중 한 학기만 자유학기로 설정	1학년 1학기와 2학기만 실시
한 학기에 170시간 이상	두 학기에 총 221시간 이상

■ 출처: 교육부

초등학교 1학년 아들을 둔 한 학부모는 "학교에서 중간 · 기말고사를 치르지 않아 아이의 평소 실력이 궁금했다."라며 "시험을 준비하면서 배운 내용을 복습하고, 집중하는 습관을 기른 것 같아 만족했다."라고 말하며, "내년에도 시험을 치르게 할 생각"이라고 말했습니다.

하지만 정기평가인 중간·기말고사가 폐지되었다고 평가 자체가 사라진 것은 아닙니다. '2015 개정 교육과정'에 따라 학교는 결과중심평가를 과정중심평가로 바꾸어 단원평가 같은 수시평가와 다양한 수행평가를 실시하고 있습니다.

찍어서도 답을 맞힐 수 있는 객관식 평가는 점차 없어지고 서술·논술형 평가로 바뀌고 있으며, 90점을 맞아도 100점 맞은 아이가 많으면 좋은 성과를 냈다고 평가받기 힘들던 상대평가 대신, 아이가 학업성취 수준에 더욱 집중할 수 있는 절대평가로 바뀌어 가고 있습니다.

따라서 사설교육업체 시험을 준비하는 과정에서 아이에게 과도한 부담을 안겨주면 공부에 대한 흥미와 자신감을 잃을 수 있으므로 시험에 응시하더라도 실력을 확인하고 부족한 부분을 보충하는 기회로만 여겨야 합니다.

학교에서 치르는 평가방식도 확연히 달라진 만큼 그에 따른 대비도 필요합니다. 무엇보다 초등학교 시절부터 자기주도학습을 습관화하고 평소에 시간 관리를 생활화하여 시간을 효율적으로 사용하는 요

에빙하우스의 망각곡선&간격효과

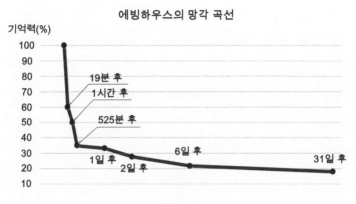

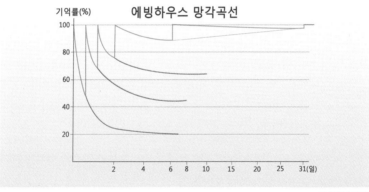

■ 출처 : EBS

령을 익혀야 합니다.

독일의 심리학자 에빙하우스(Hermann Ebbinghaus)는 스스로 암기 실험을 하다 '간격효과'를 발견했습니다. 이는 한꺼번에 암기하는 것보다 시간적 간격을 두고 나누어 암기하면 암기 효과가 높아진다는 것입니다.

에빙하우스는 생소한 단어 100개를 하루에 68번 반복해 완전히 외웠지만, 이를 3일 동안 나누어 암기했더니 38번 만에 완전히 외울 수 있었다고 합니다. 즉, 벼락치기로 공부하는 것보다 2~3주 정도 기간을 두고 나눠서 공부하는 것이 효과적인 셈입니다.

하루 동안 공부할 때도 한 과목만 오랜 시간 붙들고 공부하면 뇌가 쉽게 피곤해집니다. 운동할 때 '오늘은 왼쪽 팔 운동만 해야지.' 하고 계속 왼쪽만 운동하면 얼마 못 가 지치는 것과 마찬가지입니다.

따라서 국어 공부를 하고 잠시 쉰 다음, 수학을 공부하고, 그다음 사회를 공부하는 식으로 서로 성질이 다른 과목을 번갈아 가며 골고루 섞어서 공부하면 같은 시간 공부하더라도 더 효과적인 공부를 할 수 있습니다.

바릭(Harry Bahrick)과 펠프스(Elizabeth Phelps)는 스페인어 단어 50개를 A그룹은 몇 분 간격으로 7~8번씩 반복해 암기하도록 했고, B그룹은 하루 간격으로, C그룹은 한 달 간격으로 복습해 암기하도록 했습니다.

이 모든 그룹이 암기를 마치고 8년 후 그 내용을 얼마나 기억하는지 확인해 보았습니다. 결과는 놀랍게도 몇 분 간격으로 암기했던 A그룹은 6%, 하루 간격으로 암기했던 B그룹은 8%, 한 달 간격으로 암기했던 C그룹은 무려 83%나 단어를 기억했습니다.

따라서 사회, 과학처럼 암기하고 이해할 내용이 많은 과목이나 단원을 공부할 때는 복습 시점 간의 간격이 길어야 그만큼 더 오래 기억할 수 있습니다. 벼락치기 공부보다 주기적인 간격을 두고 공부하는 것이 미리 대비해 시험의 부담을 더는 데다 심지어 더 효과적인 방법인 것입니다.

이런 이유에서 미국의 경우, 가을학기 기말시험을 학기가 끝나자마자 곧바로 치르지 않고, 긴 겨울방학이 끝난 뒤 치르는 학교가 늘고 있습니다. 가을학기 중에 배웠던 내용으로 겨울방학이 끝난 뒤에 시험을 치르면 긴 시간 간격을 두고 복습하는 효과가 생겨 더 오래 기억할 수 있다는 것입니다.

이를 통합하면, 시험계획은 시험 준비기간 중 60%는 시험 범위 전체를 요약 및 정리하고, 30%는 요약 및 정리한 내용을 다시 읽고 암송, 문제풀이를 하며, 10%는 암기 내용 최종 확인과 오답 중 이해 못한 부분을 다시 정리하는 것으로 세우는 것이 좋습니다.

이 6:3:1의 방법으로 시험 전날까지 시험 범위 전체를 세 번 정도 복습할 수 있도록 계획합니다. 예를 들어 보름 정도를 시험 준비기간으로 계획했다면 6~7일간 시험 범위 전체를 공부한 뒤, 4~5일간 다시 전체 범위를 복습하고, 마지막 1~2일간 최종 정리하는 계획을 세우는 것입니다.

이때 주요 과목이나 단원은 공부 분량도 많고 비중도 크므로 시험 준비기간을 다른 과목에 비해 더 길게 잡고 먼저 공부하는 것이 좋습니다. 또한 어려워하는 과목이나 단원을 먼저 공부하기 시작해야 공부할 시간이 충분하여 마음이 편해집니다.

또, 서술형 평가 비중이 점점 늘고 있으므로 이에 대한 대비도 필요합니다. 서술형 평가를 위해서는 책 읽는 습관을 초등학교 저학년 때부터 길러주어야 하고, 독서기록장이나 일기장, 메모장에 자신의 생각을 한 문장이라도 써보는 글쓰기 훈련도 거쳐야 합니다.

이제는 정기시험이 사라지고 상시시험을 보기 때문에 아이의 학습 부담이 줄어들고 부모 역시 아이의 공부에 신경을 덜 쓰게 되면서 학습 결손이 일어나는 과목이나 단원이 발생하기 쉽습니다.

따라서 아이의 교과서에 빈칸은 없는지, 답은 잘 작성했는지 평소에 관심을 가지고 살펴볼 필요가 있습니다.

06 ▮ 스트레스와 불안을 다루는 다양한
신체 훈련 방법

최근 조사에 의하면 상당수의 초등학생이 스트레스와 불안 장애를 겪는다고 합니다. 여기에 코로나 블루도 더해져 아이들에게 좋지 못한 영향을 주고 있습니다.

한 사회복지학과 교수가 아동 800명을 대상으로 설문한 결과, 최근 코로나19로 인해 1년간 스트레스와 불안을 경험한 적이 있었냐는 질문에 '그렇다' 와 '매우 그렇다' 라고 응답한 아이가 각각 41.8%, 28.1%였습니다.

아이 10명 중 7명이 코로나19 유행으로 스트레스와 불안을 느낀 것입니다.

또, 코로나19 이전에 비해 더 스트레스와 불안을 느끼느냐는 질문에는 '그런 편이다' 와 '매우 그렇다' 가 각각 34.5%와 8.7%로 10명 중 4명 이상이 정서적인 어려움을 겪는다고 응답하였습니다.

전문가들은 코로나 감염에 관한 뉴스와 각종 언론매체의 보도에 아이가 과다하게 노출되지 않도록 하는 것이 좋으며, 자극적이고 불필요한 정보를 보다 보면 불안과 두려움을 느낄 수 있으므로 아이의 수준에 맞는 설명이 필요하다고 조언합니다.

가정에서는 건강한 식습관과 충분한 휴식, 수면 습관을 유지하며 가벼운 운동을 하고, 외출 시에는 꼭 마스크를 착용하며 집에 돌아와서는 항상 깨끗하게 손을 씻는 생활을 아이가 보고 따라 할 수 있도록 도와주고 나중에는 스스로 실천할 수 있도록 지도할 필요가 있습니다.

외출을 자제하는 상황에서 오래 집에 있다 보면 아이가 답답함이나 고립감을 느낄 수 있으므로 전화나 SNS 등으로 주변 사람이나 또래 친구와의 접촉을 유지하도록 돕는 것도 좋습니다.

'한국 아동·청소년 인권실태' 연구 조사에 따르면 초등학생은 스트레스와 우울증의 가장 큰 원인으로 '미래에 대한 불안과 학업문제'를 꼽았다고 합니다. 과거에는 중·고등학생에게 주로 생겼던 불안과 학업 스트레스가 이제는 초등학생에게 흔한 증상이 된 것입니다.

이 학업 스트레스와 불안은 초등 저학년의 경우 또래 관계의 어려움과 집중력 부족, 과잉행동으로 나타나며, 초등 고학년의 경우는 부모와의 대화 거부, 반항 및 공격성, 학습장애로 나타납니다.

시험에 대한 스트레스와 불안이 높은 학생은 시험 준비기간 동안 불안함과 초조함을 느끼고, 결과도 평소 실력보다 나쁜 경우가 많습니다. 실제로 '시험 불안과 수능성적 간의 관계'를 조사한 연구에서 시험에 대한 불안도가 높은 학생이 그렇지 않은 학생보다 평균 9점 정도 성적이 낮은 결과를 보였습니다.

시험에 대해 불안감을 느끼는 것은 어쩌면 당연하고, 무조건 나쁘다고만은 말할 수 없을 것입니다. 하지만 지나친 불안감은 집중력과 판단력, 기억력에 어려움을 야기하고, 몸과 마음이 피로하면 학습능력도 떨어집니다.

불안에서 오는 긍정적인 측면도 있겠지만, 그 때문에 실력 발휘를 하지 못한다면 많이 속상할 것입니다.

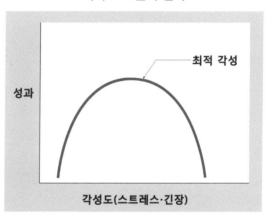

여키스-도슨의 법칙

■ 출처 : 동아일보

'여키스-도슨(Yerkes-Dodson)의 법칙'에 의하면 정신적 긴장과 과제 수행 간에는 밀접한 관계가 있습니다. 정신적 긴장도가 너무 낮으면 과제 수행능력도 낮아지지만, 긴장도가 중간 수준으로 높아지면 과제 수행능력도 향상된다고 합니다.

하지만 중간 수준을 넘어서면 다시 과제 수행능력이 낮아진다고 합니다. 결국, 개인마다 정도의 차이는 있지만 적당한 긴장감과 스트레스는 오히려 시험을 보거나 준비할 때 공부 의욕을 높여주고 동기 수준을 향상시키는 긍정적 영향을 미칠 것이고, 과하면 나쁠 것입니다.

시험에 대해 극심한 불안을 느끼거나 여러 사람 앞에서 발표할 때 과하게 긴장되고 떨린다면 '마음가짐(Mental Attitude) 연습'이 필요합니다. 중요한 시험을 앞두고 있거나 여러 사람의 주목을 받으면 누구나 긴장하고 실수할 수 있지만, 실수를 줄이기 위해 최선을 다해 노력할 필요가 있습니다.

'시험을 잘 봐야 한다.', '발표할 때 실수하면 안 된다.'와 같은 강박적인 생각을 '결과는 중요하지 않아, 최선을 다하는 게 중요해.', '잘될 거야, 괜찮아.' 등의 의식적인 소리로 내어 말로 마음을 다독여 줄 필요가 있습니다.

의식적인 신체활동으로 실제 과도한 긴장과 불안을 감소시킬 수도 있습니다. 의자에 앉은 상태에서 발가락과 팔, 다리를 쭉 펴보거나 움직이면서 스트레칭을 하면 긴장 완화에 효과가 있습니다. 눈을 감은 상태에서 호흡 훈련을 하는 것도 집중력 향상, 긴장 완화에 도움을 줍니다.

「음향과 분노」라는 책으로 노벨문학상을 수상한 윌리엄 포크너(William Faulkner)가 "주변 사람이나 또래 친구보다 더 잘하려고 애쓰지 말고 더 나은 자신이 되도록 노력하라."라고 말했듯, 자신의 목표와 과제에 더 집중하는 것이 좋습니다.

초등학교 저학년생 아이 부모들도 경쟁에 몰두하다 보면 고등학교 3학년생 엄마 수준으로 긴장하고 불안감을 느낄 수 있습니다. 이 같은 부모의 불안과 스트레스로 인해 아이는 더 커다란 부담감을 느낍니다.

먼저 아이가 자신의 감정과 두려움을 스스럼없이 표현할 때까지 차근차근 대화를 시작해 보세요. 불안을 바라보고 대하는 아이의 마음가짐이 가장 중요합니다.

07 : 아이에게 맞는 공부방 분위기를 설계하자

새 학기가 되면 아이의 공부방을 바꿔주고 싶은 부모들로 인해 인테리어 가게를 찾는 손님들이 부쩍 많아진다고 합니다. 아이에게 좋은 공부 환경을 만들어 주고 싶은 부모의 마음은 이해하지만, 비싼 책걸상이 아이의 학습태도를 바꿔주지는 않을 것입니다.

그전에 아이의 공부습관, 태도, 성향 등을 먼저 파악하고 그에 맞는 공부 환경을 고민해 봐야 합니다. 적은 비용으로 공부방에 약간의 변화만 주어도 방 분위기가 달라질 수 있으며 공부 시 주의력과 집중력을 높일 수 있습니다.

먼저, 책상은 방문에서 봤을 때 아이의 뒷모습이 아니라 옆모습이 보이도록 배치하는 것이 좋습니다. 등이 보이게 배치하면 아이가 공부에 집중하지 못하고 불안한 마음을 가질 수 있어 가급적 피하는 것이 좋습니다.

책상의 가로 길이는 넉넉해야 안정감을 주며, 세로 길이는 너무 길면 불편할 수 있으므로 뻗었을 때 손가락 끝이 닿는 정도가 좋습니다. 초등학교 저학년의 경우, 가로 길이는 최대 120cm, 고학년의 경우는 최대 150cm가 적당합니다.

유리를 올려두는 형태의 책상은 사진이나 시간표 등 이것저것을 유리 아래 넣게 돼서 주의가 산만해질 수 있으며 스탠드 빛이 유리에 반사되어 시력을 떨어트릴 수 있으므로 피하는 것이 좋습니다.

책상 위에 놓는 책꽂이는 단이 한 개여야 좋으며 자주 보는 책은 손이 닿는 위치에 두고 그 외 필요한 책은 책상에서 떨어진 책장에, 거의 보지 않는 나머지 책은 다른 방에 갖다 놓는 것이 좋습니다.

책상 위에는 시계, 스탠드처럼 자주 사용하는 소품만 올려놓고 필요한 소품도 가급적 가장자리 안쪽에 놓아서 책상을 넓게 사용하는 것이 좋습니다. 수납공간은 부족한 것보다는 여유 있는 것이 좋으며, 아이가 잘 사용하지 않거나 공부와 상관없는 물품은 다른 방에 보관하는 것이 좋습니다.

혹시 공부방에 침대가 있다면 침대 밑의 공간을 활용해도 좋습니다. 공간에 여유가 있다면 공부하는 공간과 휴식 및 취침하는 공간이 분리되어 있으면 좋지만 그렇지 않다면 침대는 책상 의자에 앉았을 때 아이의 등 뒤쪽에 있는 것이 좋습니다. 아이가 둘이라면 각방을 쓰는 것보다 가능하면 공부방과 자는 방으로 용도를 나눠서 함께 사용하는 편이 낫습니다.

공부방은 밝을수록 좋습니다. 공간의 밝기는 300lux 이상, 스탠드 밝기는 500~700lux가 적당합니다. 독서실 분위기가 좋다며 스탠드만 켜고 공부하면 눈이 피로해지고, 시력이 나빠질 수 있습니다.

창문은 방 분위기를 산만하게 만들 수 있으므로 커튼이나 불투명 유리, 블라인드 등으로 적당히 가려줍니다. 커튼보다는 먼지가 덜 나는 블라인드가 좋습니다. 의자는 회전식 의자보다는 높낮이 조절이 가능한 고정식 의자가 좋습니다.

등받이는 약간 젖혀지는 정도로 허리를 받쳐주는 S자형 의자가 좋고, 의자 아래에는 발을 따뜻하게 해줄 작은 카펫을 깔아주면 좋습니다.

벽지와 가구의 색상은 아이의 성향에 따라 맞춰주면 좋은데 기본적으로 원색보다는 파스텔 톤으로 차분하고 안정감을 주는 색상이 무난합니다. 초록색은 안정감과 평안함을 주고 눈의 피로를 줄여줍니다. 파란색은 집중력을 높이고 차분함을 전해줍니다.

따라서 벽면에 초록색과 파란색이 많이 사용된 그림을 걸어두는 것도 좋습니다. 아이보리와 베이지색도 안정감과 집중력 향상에 좋습니다. 아이의 성격에 맞춰 톤을 달리해 꾸며주는 것도 좋은 방법입니다. 아이의 특성에 맞춰 공부방을 꾸민다면 어떤 방법이 있을지 살펴보겠습니다.

 아이 특성별 효과적인 공부방 설계 방법

① 세심하고 꼼꼼한 아이

초록색 계열에 노란색 계열의 포인트가 좋습니다. 푸른색과 녹색이 어우러지는 파스텔 톤 벽지에 방 안의 소품을 노란색 계열로 꾸미는 것입니다. 적당한 긴장감을 위해 의자는 딱딱한 것이 좋습니다.

② 활동적인 아이

흰색 계열과 연한 초록색 계열이 함께 어우러진 분위기가 좋습니다. 약간 심심한 분위기를 주는 것이지요. 아이의 성격상 방은 거의 폭탄 맞은 것과 흡사할 분위기일 것이기에 수납함 등의 적정 수납공간이 필요합니다. 소품으로는 꽃병을 추천합니다.

③ 어리광을 부리길 좋아하는 아이

책상 위에 반드시 탁상용 시계와 달력을 두어야 합니다. 스스로 계획표를 작성하고, 그날 할 일을 달력에 표시하도록 지도해 메모하고 기록하는 훈련도 시킵니다. 공부방은 햇빛이 잘 들고 창문이 넓을수록 좋습니다.

④ 고집이 센 아이

밝은 색상의 파스텔 계열의 방 분위기가 심리적인 안정감을 줄 수 있어서 좋습니다. 라벤더와 같은 허브를 방에 두면 불안과 스트레스를 줄일수 있으며 서로 편안하게 대화를 나눌 수 있어 좋습니다.

⑤ 학습능력이 부족한 아이

전체적으로 화이트나 아이보리 계열로 방을 꾸며주는 것이 좋으며 가구는 베이지나 브라운 색상으로 안정된 분위기를 형성해 주면 좋습니다.

⑥ 체력이 약한 아이

녹색이나 오렌지 계열 컬러를 사용한 분위기가 좋습니다.

초등학교 저학년생의 경우는 유치원생 때 가지고 놀던 장난감이나 인형과 함께 방 분위기를 유지하며 재설계해 주는 것이 좋습니다. 초등학교 고학년생의 경우는 아이와 의견을 나누면서 방 분위기를 바꿔주는 것이 좋습니다.

PART

06

부모코칭으로
DIY에
날개를 달자

01 : 온라인 원격수업에도 준비가 필요하다

 앞으로 원격수업은 등교수업과 병행하여 '블랜디드 러닝 (Blended Learning, 혼합형 학습)' 형태로 지속될 가능성이 큽니다. '블랜디드 러닝' 수업이란 두 가지 이상의 학습 방법을 결합한 형태로, 일반적으로는 원격수업과 등교수업을 혼합한 수업 형태를 말합니다.

예를 들어 원격수업 시간에는 개념이나 원리 설명, 자료해석 등을 진행하고 등교수업 시간에는 이와 관련된 내용으로 발표 및 토의 · 토론 등을 진행하는 방식입니다.

원격수업은 등교수업에 비해 장점도 많지만 단점도 있습니다. 장점은 코로나19 시대에 비대면 수업을 통해 학생의 건강과 안전을 보호할 수 있다는 것이고, 언제 어디서나 수업할 수 있다는 점입니다.

또, 다른 학급, 학교, 나라 아이들과도 협력학습을 할 수 있습니다. 단점은 인성 및 사회성 교육, 실험, 실습이 어렵고, 중하위권 학생들에 대한 생활지도와 다방면의 피드백이 어렵다는 점입니다. 아이들의 종합적인 역량을 키우기 어렵습니다.

또한 유치원, 초등학교 저학년생, 장애학생의 경우 원격수업에 자체에 대한 접근이 어려울뿐더러, 교사 입장에서는 개별 학생에 대한 맞춤형 피드백이 힘들다는 단점이 있습니다. 아래는 '블랜디드 러닝'의 모델들입니다.

■ 블랜디드 러닝의 모델유형

방법	내용
순환 모델 (Rotation Model)	교사의 통제에 따라 대면수업과 원격수업을 정해진 시간에 따라 운영하는 방식으로, 가정에서 온라인 학습을 하고 학교로 와 등교수업을 하는 '플립 러닝(Flipped Learning)'이 대표적이다.
플렉스 모델 (Flex Model)	원격수업을 기본으로, 온라인으로 진행하기 힘든 입학식, 체육대회, 시험, 각종 행사 등을 대면활동으로 진행한다.
알라카르테 모델 (A La Carte Model)	등교수업을 기본으로, 일부 선택과목을 온라인 과목으로만 개설하여 운영하는 방식이다.
강화된 가상학습 모델 (Enriched Virtual Model)	필수과목만 등교수업으로 진행하고 나머지는 원격수업으로 진행한다. 주 2~3회 등교수업을 하거나, 오전 또는 오후만 등교수업을 하는 등의 플렉스와 알라카르테 모델의 중간 모델이다.

■ 출처: INACOL 보고서

'블랜디드 러닝'에서 학생평가는 원격수업과 등교 수업한 내용을 바탕으로, 원격수업도 정규수업으로서의 공정성을 고려하여 교사가 직접 관찰 및 확인 가능한 경우에 한해서 평가할 수 있습니다.

다만, 지필평가 및 수행평가는 등교수업 때 진행합니다. 코로나19로 전 세계 대부분의 학교도 등교수업과 원격수업을 병행해 학교를 운영하거나 원격수업으로 전환했습니다. 다가올 미래였지만, 앞서 말했듯 학교와 교사, 학부모, 학생 모두 처음 경험하는 방식이다 보니 시스템적 오류와 수업의 질, 학력 격차 등의 문제가 속출하고 있습니다. 즉, 온라인 원격수업에도 준비가 필요합니다.

학교 방역 차원에서는 교육 당국이 빠른 예산 확보로 각 학교에 보건용 마스크, 손 소독제, 체온계, 열화상 카메라 등의 다양한 방역 물품을 구입해 지원해야 합니다. 아이들의 마스크가 분실되거나 더럽혀질 수 있으므로 여분의 마스크와 휴대용 손 소독제가 항상 필요합니다.

교실 내 책상, 의자, 개인사물함 등을 소독하고, 급식시간 전에는 손 청결을 다시 한번 점검합니다. 학교는 방역상황을 점검할 때, 현장 의견 수렴에 노력해야 합니다.

아이들의 안전과 건강이 다른 무엇보다 우선이므로, 이미 학교는 학생 간 접촉을 최소화하는 교실 방역방침을 정하고, 마스크 착용과 1~2m 간격 유지 및 칸막이 설치 등을 진행하고 있습니다.

학년에 따라 격주로 등교하는 시간차 등교나 오전 · 오후반 등교, 오전에는 수업하고 오후에는 가정에서 콘텐츠 시청이나 과제 수행을 진행하는 등의 구체적인 운영방식은 시도교육청이나 학교가 정할 수 있습니다.

원격수업은 앞서 살펴보았듯 실시간 쌍방향 수업, 콘텐츠 활용 중심 수업, 과제 수행 중심 수업의 세 유형으로 구분되지만, 두 가지 이상의 유형을 혼합하여 한 차시 40분의 수업시간 중 20분씩 나누어 탄력적으로 운영할 수도 있습니다.

예를 들어, 콘텐츠 활용 수업과 실시간 쌍방향 수업을 병행한다면, 학생들의 집중시간을 고려해 15분 내외의 학습영상을 시청한 다음, 남은 시간을 과제 수행이나 토의 · 토론 등으로 채우는 방식입니다.

가정에서는 학교수업 시간에 필요한 대부분의 준비물은 학습꾸러미 등을 통해 학교가 제공하지만, 일부 교과목의 과제 수행을 위한 수업 준비물, 학교행사 및 일정에 대한 공지사항, 수업 시간표 등을 미리 따로 확인해야 합니다.

원격수업 전에는 사용할 카메라가 달린 컴퓨터와 노트북, 태블릿 PC 등이 프린터와 잘 연결되어 있는지 확인하고, 모니터 화면에 보일 배경도 깔끔하게 정리하고, 원격수업에 사용하는 학습 플랫폼 및 출결 도구를 확인합니다.

원칙적으로 출결 체크는 당일 수업시간에 해야 하지만, 다양한 수업

유형을 고려하여 7일 이내에 출결 확인을 할 수 있으니 참고하면 좋습니다. 또한 학년을 고려하여 학교장 재량으로 출결 확인 기간을 별도로 정할 수도 있습니다.

일단, 코로나 시대에는 원격수업을 하더라도 생활 속에서 손을 자주 씻으며, 외출 시 항상 마스크를 착용하는 등의 청결한 환경을 유지하는 생활방역이 중요합니다.

전에는 주로 게임용으로 사용하던 태블릿 PC를 이제는 수업용으로 사용하고, 또래 친구들과 어울리며 즐겁게 공부하던 수업시간은 혼자 화면을 보며 공부하는 시간이 되었으므로 정서적, 신체적 관리도 중요합니다.

■ 원격수업 시 필요한 신체 관리

방법	내용
스트레칭	장시간 화면 앞에 앉아 수업을 듣다 보면 목과 허리에 무리가 가 체형이 무너질 수 있으므로 쉬는 시간마다 일어나 혈액순환과 근육이완을 위한 스트레칭을 해준다.
산책	집 안에서 생활하면 활동량이 적어져 어린이 비만으로 이어질 수 있으므로, 식사 후에는 가까운 공원을 산책하거나 집에서 할 수 있는 운동을 꾸준히 하여 신체활동량을 유지한다.
눈 건강	밝은 화면을 지속적으로 쳐다보면 눈 근육이 긴장해 피로가 유발되며 시력 저하 등의 문제가 발생하므로, 모니터 화면과의 거리를 40cm 이상 유지하고, 공부방의 밝기도 교실과 비슷하게 유지한다.
규칙 유지하기	규칙적인 식사습관과 적절한 수면시간을 관리, 유지한다.

원격수업 전에는 수업 중 주요 내용이나 자신의 생각을 적을 수 있는 메모장도 준비합니다. 초등학교 저학년이라면 그림일기장 형태의 노트여도 좋습니다. 원격수업에 참여하며 모니터 화면도 보고, 필기도 하는 일은 쉽지 않고, 시간이 부족한 경우가 많습니다.

처음에는 수업 중에 이해되지 않는 부분을 2~3개 정도 가볍게 메모하는 수준으로 시작해 천천히 지속적으로 메모하는 습관을 기르도록 지도해야 합니다. 배운 내용을 스스로 요약하고, 자신의 언어로 기록할 수 있게끔 격려와 칭찬을 해주면 좋습니다.

02 : 간섭을 조금씩 줄여서 공부 독립을 시키자

아이 주변을 헬리콥터처럼 맴돌면서 온갖 일에 참견하는 '헬리콥터맘', 자녀에게 걸림돌이 될 만한 것은 잔디를 깎듯이 해결해 주는 '잔디깎이맘', 호랑이처럼 아이를 엄격히 관리하는 '타이거맘'의 공통점은 과잉보호, 즉, 간섭의 양육 태도입니다.

부모는 아이가 아직 어리고 약하며 부족한 면이 있기 때문에 관심과 보호가 필요하다고 생각합니다. 하지만 부모의 마음속에 책임감보다 걱정과 불안감이 자리를 잡고 커지면서 관심과 보호는 과잉보호와 지나친 간섭으로 변합니다.

'간섭'은 '부모가 자녀의 생활습관이나 계획을 인정하지 않는 태도'로, 부모의 간섭이 많으면 아이의 자율성이 떨어지고 무기력해질 수 있습니다. 또 간섭에는 일관성이 있어야 하는데 만약 부모의 기분에 따라 간섭을 달리 한다면 아이에게 부정적인 영향을 미칠 것입니다. 보통 아이가 유치원에 다닐 때까지는 아이가 다치지 않고 건강하고 씩씩하게 자라주길 바라는 마음에 관심과 보호가 더 쏠려있습니다. 그래서 아이가 유치원에서 돌아오면 "재밌게 놀다 왔어?", "밥은 잘 먹었어?" 위주로 질문합니다.

실제로 유치원에 다닐 때까지는 부모와 아이의 애착관계가 중요합니다. 자주 안아주고 사랑한다고 말해주어서 아이가 부모로부터 사랑받는다는 사실을 느껴야 합니다. 만약 이 과정이 부족하면 커서 인간관계를 맺는 데 어려움을 느끼게 됩니다. 유치원 때에는 부모의 간섭이 아이의 미숙한 행동발달이나 과제집중력을 증가시키는 데 조금 도움을 주기도 합니다.

하지만 초등학교에 들어가면 부모의 간섭을 50% 이하로 낮추는 것이 바람직합니다. 아이가 초등학교에 입학하면 부모는 '학부모'라는 새로운 신분을 얻었다는 책임감을 느낍니다. 초등학교에 입학함과 동시에 대학입시를 걱정하는 일이 당연하다고 생각하는 학부모도 있습니다.

학부모가 된 부모는 내 아이가 입시경쟁에서 낙오되지 않길 바라는 마음에 하루하루 아이가 공부를 잘하고 있는지 확인하고, 공부 방법뿐만 아니라 공부할 내용과 분량까지 "얼른 해."라는 잔소리와 함께 재촉하고 간섭합니다.

하지만 이러한 과잉보호와 간섭으로 초등학생 때까지는 아이가 웬만큼 공부 잘한다는 칭찬을 들을지 몰라도 중학생이 되면 상황이 완전히 달라집니다.

아이가 중학교에 올라가면 이러한 부모의 간섭은 한계에 다다를 것이며, 시키는 대로만 공부한 아이는 소멸된 능동성과 자율성으로 공부가 싫어지고, 어떻게 공부해야 할지 몰라 점점 성적이 하락할 것입니다. 이런 수순을 밟고 싶은 부모와 아이는 아마 없을 것입니다.

부모는 초등학교 때는 아이에게 당장 성과가 보이지 않더라도 초조해하거나 조급해하지 말고 느긋하게 기다려야 합니다. 어릴 때는 시험도 많지 않고 그 시험들이나 성적이 그대로 이어져 대학입시에 영향을 준다고 보기도 어려우므로 시행착오를 충분히 경험한다고 생각하고 아이가 자신만의 공부 스타일을 찾도록 도와주고 기다려 주어야 합니다.

초등학교 1~3학년 때까지는 혼자서 공부하는 것이 어렵기 때문에 부모가 옆에서 도와주는 것이 맞습니다. 스스로 공부하는 방법을 찾도록 옆에서 도와주되, 공부할 내용과 분량 등은 아이의 자율성을 존중하는 방식을 통해 점점 간섭을 줄여나가세요.

아이가 공부한 내용을 확인할 때도 실수하거나 몰라서 틀린 문제에 대해 아이를 나무라거나 친구와 비교하면서 한숨을 쉬면 안 됩니다. 예컨대 "네가 그러면 그렇지!", "누구는 똑똑하던데!", "어휴, 너 때문에 내가 못 산다!" 등은 절대로 해서는 안 되는 말입니다.

아이가 공부를 통해 긍정적인 경험을 많이 하도록 끊임없이 격려와 칭찬을 해주어야 나중에 아이가 어려운 문제를 풀 때도 포기하지 않고 도전합니다. 즉, 아이의 자율성을 존중하라는 말의 뜻은 무조건 아이에게 맡기고 관심을 갖지 말라는 뜻이 아닙니다.

대화를 통해 아이에게 부족한 것이 무엇이고, 이를 보충하기 위해 어떤 선택을 할 것인지를 아이 스스로 판단하고 결정하고 책임질 수 있도록 지도해야 한다는 뜻입니다. 이를 위해서는 아이와 대화를 통한 공감대, 즉, 라포르(Rapport)를 형성해야 합니다.

'라포르(Rapport)'는 프랑스어로 '다리를 놓는다.'라는 뜻입니다. 상담에서 '서로가 마음의 다리를 놓는다.'라는 의미로, 상담자와 내담자가 서로 공감대를 형성함을 일컫는 용어로 많이 사용합니다.

부모는 아이와 라포르를 형성하기 위해 몸의 움직임이나 표정 등 신체언어(비언어)를 다양하게 활용해야 하고, 취미나 관심사도 공유해야 합니다. 서로 비슷하거나 같은 관심사를 지니면 공감대도 형성하기 쉽고, 서로를 좋아할 확률도 높아집니다.

요즘은 통제하려는 부모와 때마침 독립심이 강해지는 아이가 마찰하며 서로 신뢰와 친근감, 즉, 라포르 형성에 어려움을 호소하는 경우가 많습니다. 아이와 라포르를 형성할 수 있는 효과적인 방법들은 아래와 같습니다.

■ 아이와 라포르를 형성하는 방법

방법	내용
거울반응 (Mirroring)	거울처럼 아이의 행동을 그대로 따라 하는 방법. 아이가 왼손으로 머리카락을 넘기면 부모도 왼손으로 머리카락을 넘기는 방식으로 편안함과 동질감을 느끼게 한다.
역추적 (Backtracking)	'역추적'에는 아이가 하는 말 중에서 자주 사용하는 단어를 따라 말하는 방법, 아이가 한 말을 요약해서 다시 얘기하는 방법, 아이의 말이 끝날 때 마지막 말을 따라 하는 방법이 있다.
맞추기 (Pacing)	아이의 동작이나 자주 사용하는 표현 등을 활용하면서 대화하거나, 아이의 친구가 되어 같이 놀고 게임을 하며 아이와 공감대를 맞추는 방법이다.

■ 출처: 이상한육아심리상담소

초등학교 4~6학년이 되면 사춘기가 시작되면서 공부뿐 아니라 외모와 성격, 교우관계 등에서 아이는 부모가 상상하는 것보다 훨씬 큰 스트레스를 겪습니다. 이때는 약간의 거리를 두고 아이를 지켜봐 주어야 합니다.

부모의 간섭으로부터 독립해 스스로 공부하고 싶은 마음도 있지만, 한편으로 도움을 받고 싶은 마음도 상충하는 시기라 무조건 도움을 주려고 하면 간섭으로 여기고 신경질을 낼 수 있습니다. 기다렸다가 아이가 원할 때 도와줘야 합니다.

그렇게 초등학교 4~6학년부터 늦어도 중학생 때까지는 공부의 주도권을 부모가 아닌 아이가 스스로 가지기 시작해야 합니다. 부모라면 아이를 신뢰하며, 평소 부모보다 아이가 더 낫다고 생각될 정도의 아이가 가진 빛나는 장점을 자주 칭찬해 주세요. 아이가 대견한 존재라고 말하며, 평소 아이의 의사결정권과 자율성을 존중해 주세요.

이때부터 부모의 잔소리는 아이의 마음을 긍정적인 방향으로 움직이지 못합니다. 잔소리를 하기 전에 먼저 아이와 부모 간의 건강한 관계 형성에 중점을 두어야 합니다. 이를 위해서는 초등학생 때부터 관계를 잘 축적하려는 노력이 필요합니다.

예컨대 가족여행 등 아이와 부모가 함께 하는 다양한 경험은 부모와 아이가 건강한 관계를 형성하는 일을 도울 것입니다. 이는 자라며 아이가 대면할 여러 스트레스 상황에서 문제를 해결할 때, 긍정적인 영향을 미칠 수 있습니다.

03 : 아버지가 나서서 아이의 꿈을 그려주자

「아버지만이 줄 수 있는 것이 따로 있다」의 저자 로스 D. 파크(Ross D. Parke)는 자녀의 성장 발달 및 교육에서 아버지가 미치는 고유한 영향력을 '아버지 효과(Father Effect)'라고 처음 개념화하여 널리 알려진 아버지 역할에 관한 전문가입니다.

그는 책에서 아버지의 적극적인 양육 참여가 아이의 지적 발달에 주는 영향과 아버지 자신과 아내, 가족생활에 초래하는 결과 등을 다뤘습니다. 많은 연구는 아버지의 양육 참여도가 아이의 두뇌발달뿐 아니라 인성과 성장에 긍정적인 영향을 미친다고 발표합니다.

아버지와 상호작용을 많이 한 아이일수록 IQ가 높고 좌뇌가 발달하였으며, 언어와 학습능력이 뛰어났습니다. 또, 자신감과 사회성이 높은 반면, 정서적인 불안감은 상대적으로 낮았습니다.

아버지 효과	근거
두뇌발달을 촉진해 아이가 똑똑해진다	영국 킹스칼리지런던 연구팀은 생후 3개월 된 자녀를 둔 아빠 128명을 대상으로 아이와 교감하는 모습을 관찰하고 자녀가 만 2세가 됐을 때 아이의 두뇌발달 점수를 측정하였다. 그 결과 아이들은 문제해결, 언어, 사회 기술 등의 분야에서 높은 인지 수준을 보였다. 이 외에도 아버지와 함께 책을 읽고 대화를 나누면 또래와 비교해 2살 이상으로 지적능력이 향상된다는 연구 결과도 있다.
사회성이 높은 아이로 자란다	교육학자 페더슨은 생후 5개월 된 아이들을 연구한 결과, 아빠와 접촉이 잦은 아이일수록 낯선 사람에게 더 잘 다가간다는 사실을 확인하였으며, 보스턴대학의 코텔처크 교수는 낯선 사람과 있을 때 보이는 불안도가 낮았다고 밝혔다. 옥스퍼드대학 연구진이 영국국립 아동발달연구소가 1968년부터 30여 년에 걸쳐 아동과 청소년 1만 7천 명을 대상으로 조사한 자료를 분석한 결과로는, 사회적으로 자신의 능력을 발휘하고 행복한 가정을 꾸린 사람들의 공통점이 아버지와 교류가 많았던 것이라고 한다.
밝고 행복한 사람으로 자란다	영국가족패널에서 11~15세 영국 청소년 1,200여 명을 조사한 결과, 아빠와 주기적으로 대화를 나눈 아이들의 행복척도는 87%인데 반해, 대화가 없는 아이들의 행복척도는 약 8%였다.
비만 예방에 효과적이다	국제 학술지 「비만(Obesity)」에 게재된 연구결과에 의하면 아빠의 육아가 2~4세 아이들의 비만 예방에도 도움을 주었다.

■ 출처: 열린과학

'아버지 효과'에는 이와 같은 과학적 연구 근거들이 있습니다. 여기에 아동교육 전문가인 해밀톤(Hamilton)은 어머니 없이 자란 아이와 아버지 없이 자란 아이의 사회적 범죄율을 비교해 본 결과, 아버지 없이 자란 아이에게서 더 높은 범죄율이 나타났다고 보고합니다.

이는 가정에서 아버지의 존재가 아이의 교육적, 정서적인 부분뿐만 아니라 인성, 사회성, 도덕성, 정의감, 절제, 인내, 윤리 등과 같은 사회적 가치관 형성에 직접적인 영향을 준다는 사실을 뒷받침합니다.

E. 허버트(E. Herbert)도 "아버지 한 사람은 백 명의 스승보다 낫다."라고 말하였는데, 그만큼 아버지가 아이에게 미치는 영향력이 크다는 의미겠지요.

하지만 한 초등 교육기관의 '초등학생이 느끼는 가족 간 대화'에 관한 설문조사에 따르면 아이가 부모 중 주로 대화하는 대상은 '엄마'라는 응답이 85%로 압도적으로 높았으며, '아빠'라고 응답한 아이는 15%에 불과했습니다.

약간 다른 얘기지만, 대입 수시전형이 복잡해지면서 고3 엄마들 사이에서 떠도는 얘기 중에는 "아이가 좋은 대학에 들어가려면 할아버지의 재력과 엄마의 정보력, 아버지의 무관심이 있어야 한다."라는 웃을 수 없는 씁쓸한 이야기도 돌아다닙니다.

양육과 교육에 있어 많은 아버지가 요즘 교육 현실을 잘 모르고 무관심하기에 오히려 그냥 관여하지 않는 것이 더 도움이 된다는 얘기겠지요. 그래도 예전보다는 젊은 아버지 위주로 아버지들이 더 아이에게 적극적인 관심을 갖고 관여하는 모습을 자주 접합니다.

최고의 아버지는 아이에게 좋은 교육을 시켜주고 좋은 옷을 입혀주며 잘 먹이는 아버지가 아닙니다. 아버지는 적극적으로 나서 아이가 어떤 생각을 하고 어떻게 생활하는지를 깊이 있게 알아야 합니다.

일본의 노벨화학상 수상자 노요리 료지 박사는 아버지 덕분에 자신이 화학자가 될 수 있었다고 말했습니다. 화학공장을 운영하시던 그의 아버지는 늘 바빴지만, 매일 아침을 함께 먹었으며, 그는 아버지와 모든 대화를 나눴다고 합니다.

교육부에서 출간한 「학부모 자녀교육 가이드북」에 따르면 아이와 보내는 시간이 항상 길 필요는 없다고 합니다. 출근하기 전 식사시간이나 잠자리에 들기 전 자투리 시간을 활용하여 잠깐이라도 눈을 맞추고 대화를 나누는 것, 대화의 주제는 자녀가 좋아하는 것을 택하는 것이 좋다는 것입니다.

보통 초등학교 때 아이 지능의 93%, 학업성적의 75%가 결정된다고 합니다. 지능과 학업성적의 발달은 비슷한 시기에 이루어지며, 초등학교 3~5학년 시기에 절정에 달한다고 알려져 있습니다. 바로 이때, 아버지는 아이에게 대화 상대이자 롤모델이 되어야 합니다.

아버지는 아이들의 놀이 친구가 되어 논리적인 사고의 인지 발달과 창의성 계발 등에 도움을 줄 수 있습니다.

아이들은 초등학교에 입학하기 전 여섯 살 무렵부터 책 읽기에 흥미를 느끼며 초등학생이 되면 꽃이나 동식물, 공룡처럼 과학에 많은 지적 호기심을 갖습니다. 이 시기에 아버지와 아이가 손잡고 서점에 가서 책 구경을 하거나 여행을 하면 좋습니다.

주말 놀이공원 풍경 중에는 아이 혼자 놀이기구를 타고 아빠는 핸드폰만 보거나 오랜 시간 통화하는 모습이 심심치 않게 보이는데 '아이와 놀아준다.'는 마음이 아닌 '함께 즐긴다.'는 마음으로 시간을 보내야 합니다.

또, 아빠와 아이는 축구나 레슬링, 씨름처럼 주로 몸을 쓰는 운동을 찾아서 함께 즐기는 것이 좋습니다.

초등학교 3학년 이상의 고학년이 되면 기억력이 최고로 좋은 시기여서 이때 외국어를 가르치면 좋습니다. 자투리 시간을 30분 정도 할애하여 영어 동화책이나 중학교 영어 교과서에 실린 기본 문장을 아이와 번갈아 가며 외워보세요.

또 동요나 시도 쓰고 함께 외워보세요. 4학년 이상이라면 자전거 타기나 캠핑, 해외여행처럼 흥미로운 탐험이나 모험을 함께하는 게 좋습니다.

아이는 부모와 나누는 대화를 통해 타인과 감정을 교감하고 표현하는 방법을 배웁니다. 이는 또래 친구와의 관계나 사회적응력과도 밀접한 관련이 있지요. 특히 아이가 엄마와 나누는 대화는 주제나 화법에 영향을 주므로, 대화의 방식도 잘 가르쳐야 합니다.

아빠와는 우선 대화가 부족하기 때문에 아이와 대화하는 시간을 조금씩 늘리려는 아빠의 노력이 필요합니다. 아빠가 아이의 학교생활에 관심을 가지고, 평소 가정통신문도 꼼꼼히 확인하는 것입니다.

특수교육학과 이해명 교수는 자녀의 교육에 대해 "의무적인 책임감을 느끼기보다는 즐기면서 함께하라."라고 충고합니다. 자녀의 생각이 점점 자라는 것을 보는 경험은 어디서도 누릴 수 없는 행복이니 절대 이런 행복을 놓치지 말라고 세상의 아버지들에게 당부합니다.

스위스의 교육자이자 자선사업가였던 요한 하인리히 페스탈로치(Johann Heinrich Pestalozzi)라는 인물이 있습니다. 그는 당시 획기적이었던 자연주의, 체험학습, 놀면서 배우는 교육 등을 도입하여 근대 '초등학교'의 기초를 다졌습니다.

사람들은 아이들 스스로 공부하게 만드는 교육방법을 통해 유럽의 유아교육과 초등교육에 큰 영향을 준 그를 '근대교육의 아버지'로 부릅니다. 이제 각 가정의 아버지들이 페스탈로치와 같은 마음으로 나서 아이의 꿈을 그려줄 시간입니다.

04 : 바른 생활습관을 통해 사회성을 길러주자

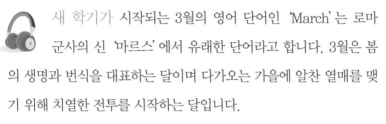 새 학기가 시작되는 3월의 영어 단어인 'March'는 로마 군사의 신 '마르스'에서 유래한 단어라고 합니다. 3월은 봄의 생명과 번식을 대표하는 달이며 다가오는 가을에 알찬 열매를 맺기 위해 치열한 전투를 시작하는 달입니다.

아이가 가장 긴장하는 달이기도 하지요. 아이는 초등학교 2학년 때까지 기초적인 생활습관을 반드시 익혀서 다음 학년으로 올라가야 합니다.

3학년이 되면 부모보다 친구가 더 중요한 시기가 되면서 아이를 다루기 쉽지 않고, 자리 잡히지 않은 생활습관 때문에 친구와의 관계 속에서 자존감에 상처를 받을 수도 있습니다.

좋은 생활습관은 아이의 인성뿐만 아니라 학습 전반에 많은 영향을 주며 학교라는 사회에 잘 적응하게 하는 등 사회성 발달에도 중요한 역할을 합니다. 따라서 규칙적인 생활습관을 통해 아이 스스로 준수

할 규범과 한계를 이해하게 해야 합니다.

아이에게 좋은 습관을 만들어 주기 위해 부모가 지킬 점은 아이의 현재 상태를 객관적으로 바라보고, 부모가 자주 행동으로 보여 따라 할 수 있는 '행동 모델'이 되어주어야 한다는 점입니다.

단계별로 적절한 도움을 주되 아이를 믿고 기다려야 합니다. 한 인성교육 전문가는 부모가 조급한 마음에 충분히 스스로 행동할 수 있는 아이를 의존적으로 만든다면서 사소한 것이라도 겁내지 말고 아이에게 맡기고 스스로 할 기회를 만들어 주어야 한다고 말했습니다.

초등학교 1학년 수업은 공부할 내용 중 지식적인 부분의 비중이 작으며 어린이집이나 유치원에서 미리 배우고 입학해 대부분 잘 이해합니다. 설사 모르더라도 1학년 과정을 밟으며 차근차근 연습하면 문제가 되지 않습니다.

그렇기 때문에 초등 1학년 시기는 기본 학습훈련뿐만 아니라 올바른 생활습관 교정을 완성할 수 있는 가장 중요한 시기입니다. 어린이집이나 유치원의 누리과정과 초등학교 1, 2학년의 통합교과도 생활습관 세우기의 중요성을 강조하지요.

초등학교 1학년 아이들은 대체로 자기중심적인 성향이 있기 때문에 친구가 말하거나 행동한 것 중 자신이 듣고 싶은 것만 듣는 등의 극히 제한적인 이해의 태도를 보입니다. 또 자신이 부족한 부분에 대해서도 전혀 부끄러움을 느끼지 못합니다.

초등학교 2학년이 되면 단체생활에 어느 정도 적응해 짝하고도 잘 어울리고 모둠활동도 곧잘 합니다. 자아정체성이 형성되어 가는 시기라 교사에게 칭찬받는 친구를 부러워하며 자신의 부족한 부분을 점점 부끄러워합니다.

지금은 코로나19의 여파로 등교수업이 원격수업으로 대체되면서 또래 아이들과의 상호작용이 부족해져 자아정체감 형성이 늦어져, 2학년이 되어서도 자기중심적인 성향이 문제가 될 수 있으므로 어느 때보다도 올바른 생활습관 세우기가 중요합니다.

원격수업이 진행 중이지만 부모가 아이와 함께 학교에 가서 대화하면서 주변을 둘러보고 운동장을 가볍게 뛰어보며 무엇보다 학교는 즐거운 곳이라는 인상을 심어주는 것이 좋습니다.

또, 같은 반 친구와 줌으로 화상대화를 나누거나 소수 인원을 집으로 초대하는 것도 좋습니다.

초등학교 3학년은 학교생활에도 완전히 적응하고 친구 관계가 무엇보다 중요한 시기입니다. 공부에 있어서도 이전에 독서를 얼마나 했는지에 따라 어휘력에 큰 차이가 발생하기 시작합니다.

초등학교 입학 당시에는 보통 5,000개 정도의 단어를 기억하지만 매년 어휘량이 증가하고, 3학년이 되면 매년 5,000개 이상으로 단어 습득력이 폭발적으로 증가합니다. 고로 반드시 2학년 때까지 독서습관이 형성될 수 있도록 도와주어야 합니다.

여러 학교에서 학년별로 필독 도서 50권 정도를 선정해 독후 활동을 권장합니다. 의무사항이 아니라고 말하지만, 학기 말에 '독서왕' 상장을 시상하기 때문에 아무래도 준비하게 되지요. 모르고 있다가 나중에 포기하는 부모도 많습니다.

꼭 시상 때문이 아니라 독서습관은 아이의 학습능력과 깊은 연관이 있습니다. 어린이집이나 유치원이 아이들의 실수를 포용하는 교육을 한다면, 학교는 평가하는 교육을 합니다.

학교생활이 시작되면 다시 꼼꼼히 혹시 준비물 중 빠뜨린 것은 없는지, 불편한 것은 없는지 아이에게 물어보고 매일 밤 대화를 나눌 것을 권합니다. 또, 책임과 격려, 평가와 대화를 분명히 구분하는 것도 중요합니다.

규칙적인 생활습관을 만들어 주는 방법으로는 '시간과 장소를 정해서 구체적으로 말하는 것'을 추천합니다. 예를 들어 "아빠, 엄마랑 함께 마트에 가야 하니까 시곗바늘이 12를 가리키면 방 청소를 시작하자."라고 시간과 장소를 같이 말하는 것이 효과적입니다.

아이에게 책임감을 갖게 하는 것도 좋은 방법입니다. "엄마가 저녁 준비를 해야 하는데 피곤해서 못 일어나면 네가 7시에 깨워줬으면 좋겠다."라고 부탁하고, 아이가 깨워주면 고맙다고 구체적으로 칭찬하는 것입니다. '부모는 영원한 스승'이라는 말이 있습니다.

4차 산업혁명 시대에 상호 간의 의사소통 능력은 더 많은 영역에서 활발하게 요구되는 능력입니다. 이는 인성교육의 연장선에 있어 가정교육의 중요성이 어느 때보다 더 강조됩니다.

다른 사람을 챙기는 일을 통해 아이는 자연스럽게 책임감과 자기주도적인 생활습관을 기를 수 있습니다.

일상생활 속에서 식사 준비를 돕고, 빨래 정리를 분담해 돕고, 자신의 방과 책상을 정리하고, 재활용 분리수거를 돕는 등으로 아이가 할 일을 점차적으로 확대하면서 기본적인 생활습관을 갖추고 스스로 원칙을 세우도록 도와주세요.

생활습관을 통해 아이의 학습능력과 상호소통 능력까지 함께 기를 수 있습니다.

■ 초등학교 학년별 필독 도서

학년	서명	저자	출판사
낮은 학년 (1~3학년)	100년이 지나면	이시이 무쓰미	살림
	기차	천미진	발견
	넌 뭐가 좋아?	하세가와 사토미	민트래빗
	노를 든 신부	오소리	이야기꽃
	두 발을 담그고	조미자	핑거
	마음을 담은 연주	피터 H. 레이놀즈	길벗어린이
	막두	정희선	이야기꽃
	미움	조원희	만만한 책방
	밀어내라	이상욱	한솔수북
	복서	하산 무사비	고래뱃속
	빨간 호리병박	차오원쉬엔	사계절
	살아 있다는 건	다니카와 슌타로	비룡소
	여름의 잠수	사라 스트리츠베리	위고
	인어를 믿나요?	제시카 러브	웅진주니어
	일곱 명의 파블로	호르헤 루한	지양어린이
가운데 학년 (2~4학년)	63일	허정윤	반달
	꽝 없는 뽑기 기계	곽유진	비룡소
	나비의 모험 1, 2	김보통	보리
	나의 강아지 육아 일기	신현경	샘터
	난민 캠프로 가는 길	테사 줄리아 디나레스	한울림어린이
	내 이름을 불렀어	이금이	해와나무
	닭인지 아닌지 생각하는 고기오	임고을	샘터
	멋지다!	쓰쓰이 도모미	북뱅크
	모퉁이 아이	양지안	위즈덤하우스
	밤의 교실	김규아	샘터

	복도에서 그 녀석을 만났다	이혜령	책과콩나무
	안녕	마리 칸스타 욘센	책빛
	어느 늙은 산양 이야기	고정순	만만한책방
	오리 돌멩이 오리	이안	문학동네
	우리 집에 왜 왔니	황지영	샘터
높은 학년 (5~6학년)	거짓말 언니	임제다	그린북
	그렇게 큰 사랑은 사라지지 않아요	모니 닐손	다림
	너의 운명은	한윤섭	푸른숲
	루저 클럽	앤드루 클레먼츠	웅진주니어
	밤의 일기	비에라 히라난다니	다산기획
	비밀소원	김다노	사계절
	스플래시	찰리 하워드	그린북
	아쉬람에 사는 아이	임지형	고래가숨쉬는도서관
	왕자와 드레스메이커	젠 왕	주니어비룡소
	우리들의 오소리	앤서니 맥고완	봄의정원
	우리들이 개를 지키려는 이유	문경민	밝은미래
	우주로 가는 계단	전수경	창비
	조이	주나무	바람의아이들
	족제비	신시아 디펠리스	찰리북
	지금은 여행 중	김우주	창비
	투명 의자	윤해연	별숲
	트럼펫을 부는 백조	E. B. 화이트	산수야
	파피	애비	보물창고
	하고 싶은 말 있어요!	우오즈미 나오코	북뱅크
	햇빛초 대나무 숲에 새 글이 올라왔습니다	황지영	우리학교

■ 출처: 제주교육청

05 : 칭찬과 격려로 아이의 성장을 기다려 주자

캐나다의 한 지리학자가 SNS에 올린 영상이 화제가 된 적이 있습니다. 영상에는 러시아 마가단 지역의 매우 가파르고 미끄러워 보이는 설산을 오르는 어미 곰과 새끼 곰의 모습이 담겨있습니다. 어미 곰이 몇 번을 미끄러지면서 도전한 끝에 언덕 오르기에 성공합니다.

하지만 힘이 약한 새끼 곰에게는 만만치 않습니다. 어미 곰은 이를 안쓰러운 듯 내려다보고 새끼 곰은 도전과 실패를 거듭하다 결국 노하우를 터득하여 거침없이 언덕 오르기에 성공합니다.

영상을 본 누리꾼들은 "새끼 곰이 귀엽다.", "끝까지 포기하지 않는 모습이 아름답다.", "용기가 대단하다." 등 댓글로 뜨거운 반응을 보였습니다.

한편으로 새끼 곰 스스로 노하우를 터득하여 올라갈 때까지 안쓰럽게 지켜보는 어미 곰에 주목한 "어미 곰이 대단하다.", "아름다운 인내심이다.", "아이가 스스로 배울 수 있도록 기다려 주자."와 같은 댓글도 많았습니다.

아기들이 걸음마를 하기까지 보통 2,000번 정도 넘어진다고 하지요. 아이들이 스스로 공부를 시작하는 것도 처음 걷기나 자전거를 배우는 일과 똑같습니다. 넘어지지 않고 앞으로 가기 위한 감각을 익히는 과정이 필요하지요. 자신만의 공부 감각을 익힐 때까지 아이들은 도전과 실패를 거듭합니다.

스스로 몇 번 정도 어떤 방법으로 반복해서 공부해야 내용을 암기할 수 있는지, 어떤 내용을 이해하기 위해 필요한 시간은 어느 정도인지, 주어진 시간을 어떻게 계획하고 활용할 것인지 계속 도전과 질문을 반복하며 노하우를 터득합니다.

누차 말했듯 이때 부모는 아이를 나무라거나 과잉보호할 것이 아니라 기다려 주어야 합니다. 스스로 공부하면서 충분히 고민하고 기뻐하는 과정이 필수이므로, 아이가 혼자 이 과정을 충분히 경험하도록 두어야 합니다. 이때, 칭찬과 격려는 큰 힘이 됩니다.

뇌 과학자들은 칭찬과 격려가 아이에게 긍정적인 생각을 하게 하고 옥시토신 호르몬 분출을 도우며 뇌를 자극해 대화지능을 높인다고 말합니다. 반면 부정적인 말이나 언어폭력은 코르티솔이라는 호르몬을 분비하게 해 해마와 뇌들보의 크기에 영향을 주고 뇌의 성장을 방해한다고 말합니다.

아이에게 "너 공부하는 거 보니까 안 되겠다.", "놀기만 하고 공부는 언제 할 거야?"라는 말 대신 "오늘 계획한 대로 됐어?"라고 물어보고, 안 되었다고 하면 그 이유를 듣고 다독여 주세요.

아이의 공부가 부진한 이유는 능력이 부족해서라기보다 대부분 공부하는 습관이 자리 잡히지 않았기 때문입니다. 화초에 물을 주어야 꽃이 피고 열매를 맺듯, 칭찬과 격려라는 물을 주어 3~6개월 후 아이의 공부 습관이 잘 형성될 날을 기다려 보세요.

부모는 주변에 사는 어느 아이가 어떤 학원에 다니면서 성적이 올랐다는 얘기들에 조급함을 느낄 수 있습니다. 솔깃한 마음에 학원 문도 두드려 보지만, 돈을 들여 공부를 시켜도 성적이 더 떨어진다거나 학원생활도 만족스럽지 못한 경우도 많습니다.

그때부터 부모는 더 이상 아이도, 학원도 믿지 못하고 바로 다른 학원을 알아보기도 하는데, 성적이 떨어졌다고 일방적으로 학원을 옮기는 일은 바람직하지 않습니다. 학원생활을 하면서 주변 환경을 탐색하고, 적응한 후 적극적인 활동을 하기까지는 충분한 시간이 필요합니다.

부모가 아이에게 새로운 환경으로 가서 일방적으로 적응하라고 강요한다면 아이는 낯선 환경에 대한 두려움으로 더 위축되고 불안해질 수 있습니다. 아이가 불안감을 보일 때는 소심하고 내성적이라고 답답해하기보다는 신중함과 조심성으로 받아들이는 긍정적인 태도도 필요합니다.

아이의 시선으로 학원에서 쓰는 교재나 프로그램, 교실이나 화장실 같은 주변 환경을 함께 살펴보고 교사와 반 아이들 구성에 대한 정보 등 서로 관찰한 내용과 생각을 조금씩 이야기하면서 적극적인 탐색에 동참해 주세요.

아이가 학원생활을 낯설어하면 "누구나 낯선 환경이 두려울 수 있어. 엄마 아빠도 학원에 처음 갔을 때 선생님이 무서웠는데, 마음이 참 따뜻하셨지."처럼 두려움을 극복한 본보기를 말해주는 것이 좋습니다. 중요한 점은 아이의 속도를 존중하고 기다려 주어야 한다는 점입니다. 기다려 주는 것은 흔히 말하는 "내가 참는다, 참아." 식의 기다림이 아니라 칭찬과 격려의 언어로 아이의 걱정과 불안을 감소시켜주고 아름다운 동행을 시작하는 것입니다.

미국행동과학연구소(NTL)에서 발표한 '학습피라미드(Learning Pyramid) 과정'은 아이가 교육에 적극적으로 참여해 충분하고 직접적으로 학습내용을 경험할수록 공부를 조금 덜 하더라도 높은 기억률을 달성한다고 말합니다.

학습 24시간 이후에 남아있는 기억력의 비율을 피라미드 형태로 나타낸 연구인데, 결과에 따르면 학습 방법에 따라 기억력에 현격한 차이가 발생했습니다.

그림에 나와 있듯이, 학습 24시간 후 '수동적 학습 방법'으로 수업 시간에 단순 전달된 강의식 설명을 들은 경우 5%, 읽은 내용은 10%,

시청각 교육으로 접한 내용은 20%, 시범을 보거나 현장 견학을 한 경우는 30%의 내용을 기억했습니다.

반면 '능동적 학습 방법'으로 참여형 토론을 하면 50%, 직접 체험한 경우는 75%, 친구를 가르친 경우에는 90%의 기억률을 보였습니다. 결국은 친구를 가르치면서 하는 공부가 수업시간에 단순 전달된 설명을 듣고 기억하는 공부보다 18배가량 높은 기억률을 보인다는 것을 알 수 있습니다.

학습방법에 따른 기억력 비율

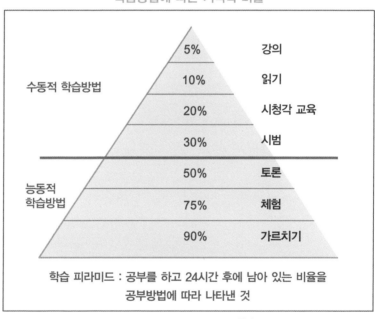

수동적 학습방법

5% 강의
10% 읽기
20% 시청각 교육
30% 시범

능동적 학습방법

50% 토론
75% 체험
90% 가르치기

학습 피라미드 : 공부를 하고 24시간 후에 남아 있는 비율을 공부방법에 따라 나타낸 것

■ 출처: National Training Laboratory

따라서 부모는 아이에게 단순히 책상에 앉아 공부할 것을 강조할 게 아니라 학습 방법에 따른 단계별 과정을 아이가 충분히 경험하게 하면서 함께 기다려 주어야 합니다.

예컨대 수업을 듣고 난 후나 공부를 한 후 머릿속에 떠오르는 학습 내용을 얘기해 보며 미비한 개념을 점검하고, 학습한 내용을 실생활과 관련 지어 간단한 문제로 만들어 보는 것입니다. 스스로 만든 문제를 형제나 부모 앞에서 설명하고 풀이하게 하면 좋습니다.

혹시 설명할 때 부족한 부분이나 실수가 있더라도 칭찬과 격려로 긍정적인 자아존중감을 채워주세요. 아이가 부모나 동생 앞에서 흥겹고 자신 있는 모습으로 자신이 학습한 내용을 가르쳐 줄 수 있는 분위기를 만들어 준다면 부모의 기다림은 성공했다고 말할 수 있을 것입니다.

06 ː 부모와 대화를 많이 하는 아이가 공부를 잘한다

몇 년 전 MIT와 하버드, 펜실베이니아 대학 연구팀은 아이들 36명의 뇌를 자기공명영상(MRI)으로 촬영하면서 대화유형에 따른 뇌의 반응을 연구하였습니다. 그 결과 대화를 많이 주고받은 아이일수록 뇌의 브로카(Broca) 영역이 더욱 활동적이라는 사실을 발견하였습니다.

'브로카 영역'은 언어의 생성 및 표현, 구사능력을 담당하는 부위로이 부분이 활동적인 아이들은 언어와 문법 추론 능력에서 높은 점수를 받습니다. 반면에 이 부분이 손상되면 근육의 협동운동이 되지않아 말을 제대로 할 수 없습니다.

연구를 맡은 존 가브리엘 리 교수는 가족 간의 대화가 아이들의 뇌발달과 연관이 있으며 뇌의 생물학적 성장에 마법 같은 영향을 준다고 말했습니다. 또 다른 연구에서는 부모와 대화를 많이 하고 언어에 많이 노출된 아이는 뇌 신경망이 더 잘 발달하기 때문에 언어와 정서발달이 잘되고 머리가 좋은 아이가 될 수 있다는 결과도 나왔습니다.

미국 명문대를 독점하는 공부 잘하는 아이를 키우는 유대인 자녀교육의 비결은 무엇일까요? 많은 교육자는 그 비결이 '하브루타(Havruta)'에 숨어있다고 말합니다. 하브루타는 유대인의 전통적인 학습 방법으로 '짝, 친구, 우정, 동료' 등의 뜻을 가진 명사형 단어입니다.

두 명이 짝을 지어 공부한 내용을 자신의 생각대로 분석하고 정리하여 상대에게 설명하면, 상대는 이야기를 듣고 다시 질문하면서 때로는 전에 없던 전혀 새로운 관점을 발견하며 공부와 논쟁을 통해 진리를 찾아가는 것으로, 이스라엘의 전 교육과정에 적용된 '토론 놀이' 입니다.

대화는 토론이나 논쟁이 될 수도 있으며, 부모와 친구와 나누는 대화 모두 하브루타가 될 수 있습니다. 즉, 질문하고 대화와 토론, 논쟁을 벌이는 것을 말합니다. 법정에서 변호사와 검사가 서로 논쟁하는 것도 하브루타입니다. 좋은 논쟁은 뇌를 활발하게 움직이게 합니다.

유대인 부모는 유대교 경전인 「탈무드」를 아이에게 전수하기 위해 생각을 나누고 대화하며, 마음껏 질문하는 환경을 만들어 줍니다. 대화를 연장하기 위해 달콤한 후식도 준비합니다. 그리고 아이 스스로 답을 찾도록 합니다.

부모의 하브루타 대화방식 중에는 '언어 확장' 이 있습니다. 예컨대 아이가 공룡에 흥미를 보이면 부모가 의도적으로, "공룡에는 초식공룡과 육식공룡이 있단다."라고 말합니다. 그러면 아이는 초식이 무슨 뜻인지 물어볼 것입니다.

그럼 부모는 "초식에서 초(草)는 '풀'을 뜻하고, 식(食)은 '먹는다'는 뜻이야. 그러니까 초식은 '풀을 먹는다'는 뜻이지."라고 말할 것이고, 이를 언어 확장이라고 말합니다. 하브루타는 질문으로 시작돼 질문으로 끝난다고 말해도 과언이 아닙니다.

질문이 좋아야 토론이 제대로 이루어지며, 모든 배움은 질문에서 시작됩니다. 질문을 통해 아는 것이 생기고, 알면 알수록 의문이 생기고 동시에 질문도 생겨납니다. 다음의 도표는 간략하게 정리한 '하브루타 자녀 교육법'입니다.

인본주의 상담의 창시자인 칼 로저스(Carl Rogers) 교수는 부모와 자녀의 의사소통에서 '진정성, 공감, 무편견'이라는 세 가지 요소가 신뢰를 강화시켜 준다고 말합니다. '진정성'은 거짓 없이 있는 그대로 바라보는 애틋한 마음입니다.

'공감'은 아이와 같은 상황을 통해 아이의 기분을 느끼고 이해하려는 마음이고, '무편견'은 한쪽으로 치우친 생각이나 고정관념을 갖지 않으려는 마음입니다. 이 세 요소는 자녀와 대화할 때 꼭 필요한 대화의 기본, 시작조건입니다.

단계	특징
함께 읽을 책 정하기	함께 읽을 책은 아이가 흥미를 보이는 책으로 선택합니다. 아이가 관심을 보인다면 신문, 잡지, 만화 모두 훌륭한 교재가 될 수 있습니다.
소리 내서 책 읽기	중요한 부분은 꼭 소리를 내어 읽습니다. 소리를 내면 자연스레 귀로 듣게 되고, 들으면 이해되지 않는 부분이나 의문점이 생겨 여기서 질문의 시작점이 형성됩니다.
가벼운 얘기로 대화 시작하기	학교에서 있었던 일 등 일상적인 얘기로 대화를 시작하면서, 자연스럽게 함께 읽은 책 얘기로 넘어갑니다. 질문을 할 때는 "어떻게 생각하니?"와 "왜 그렇게 생각하니?"를 반복해 아이의 답변을 유도합니다.
듣고 또 들어주기	아이의 눈높이에서 하브루타(친구)가 되어줍니다. 아이가 아무리 유치하고 터무니없는 말을 하더라도 일단은 진지하게 듣고 호응해 줍니다.
결론은 열어두기	실컷 얘기를 나눈 다음에는, 마지막에 부모의 생각을 해답처럼 제시해서는 안 되고 아이가 계속 궁리할 수 있는 생각의 물음표를 남겨둡니다.

■ 출처: 중앙일보

자녀와 성공적인 대화를 나누기 위해서는 부모의 솔직한 감정을 전달하는 것이 중요한데, '나-메시지(I-message)' 방법을 활용하면 좋습니다. 예컨대 방 안이 어질러져 있으면 "방 안이 어질러져 있어서 엄마 마음이 너무 불편해."라고 말하는 것입니다.

또, 폐쇄형 질문을 개방형 질문으로 바꿔야 대화가 촉진됩니다. "숙제 다 했어?"라고 묻는 것보다 "숙제할 때 뭐가 가장 힘들었어?",

"숙제하면서 어떤 기분이었어? 왜 그렇게 생각해?"라고 묻는 것입니다.

한편, 앨버트 메라비언(Albert Mehrabian) 교수의 '커뮤니케이션 이론'에 따르면 대화를 통해서 상대방에게 호감을 느끼는 데 말의 내용이 차지하는 비중은 7%에 불과한 반면, 말할 때의 태도나 목소리 같은 비언어적인 요소는 93%를 차지한다고 합니다.

자녀와 성공적인 대화를 나누기 위해서는 말의 내용만큼이나 표정과 행동도 중요합니다. 웃는 표정으로 눈을 맞추는 행동을 하거나 안아주며 등을 토닥이는 행동과 함께 대화한다면 부모의 메시지가 더 효과적으로 전달될 것입니다.

말을 그대로 따라 하는 '따라 하기(Mirror Talk)' 방법도 좋습니다. 아이의 이야기를 들으며 아이의 모든 감정을 그대로 수용하는 것입니다. "그랬었구나.", "참 속상했구나."처럼 아이의 말을 따라 하며 아이가 공감을 받는다고 느끼게 하는 것입니다. 앞서 '아이와 라포르를 형성하는 방법'에서 설명한 '거울반응, 역추적, 맞추기' 등이 대표적입니다.

유대인 심리학자 매슬로(Maslow)의 '욕구 5단계 이론'에 의하면 인간은 가장 기초적인 욕구인 생리적 욕구가 어느 정도 채워져야 그다음으로 안전 욕구를 추구하며, 그다음으로 사랑과 소속 욕구, 존

경 욕구, 마지막으로 자아실현의 욕구 순으로 만족을 추구한다고
합니다.

부모가 자녀와 대화할 때 문제는, 자녀의 공부와 꿈, 즉 마지막 욕구
인 자아실현의 욕구에 대해서만 과도하게 집중적인 대화를 나눈다
는 점입니다.

부모에게 사랑받고 싶은 사랑과 소속 욕구, 부모로부터 인정받고 싶
은 존경 욕구 등의 하위 욕구는 상대적으로 채워주지 못하는 경우가
많지요. 자녀와의 성공적인 대화를 위해서는 하위 욕구들에도 초점
을 맞추어 관심을 보여주어야 합니다.

공부와 꿈 얘기뿐만이 아니라 좋아하는 노래나 연예인, 취미, 흥미
처럼 사소한 일상 이야기를 소재로 대화하여 아이의 하위욕구를 가
득 채워주세요.

부모의 대화습관 유형에는 크게 부모 중심으로 대화하는 협박형, 감
언이설로 아이를 설득하여 부모가 원하는 것만 추구하는 설득형, 논
리적인 설명 없이 호소하는 호소형, 대화를 통해 서로의 의견을 절
충하는 타협형이 있다고 합니다.

자녀와의 성공적인 대화를 위해서 우리 부모들은 타협형이 되어야
합니다. 동시에 아이에게 타협하는 방법을 가르쳐 주어야 합니다.

07 : 규칙적인 아침식사가 성적을 바꾼다

아이들의 학교 아침 급식과 건강에 대해 연구해 온 하버드 의대 마이클 머피 교수는 한 심포지엄에서 "적절한 영양을 갖춘 규칙적인 아침식사는 학생들의 건강 및 학업능력 향상에 꼭 필요하다."라고 강조해서 말하였습니다.

그의 연구에 따르면, 144개 초등학교 4,320명 학생을 대상으로 '아침식사와 건강 및 학업능력의 관계'를 조사한 결과, 규칙적으로 아침을 먹는 학생일수록 말하기가 더 유창하고 숫자암기력 검사 점수도 높았다고 합니다.

또 농촌진흥청에서 3,600명의 학생을 대상으로 '아침식사와 수능성적 간의 관계'를 조사한 결과, '매일 아침을 먹는다.'라고 답한 학생들의 수능성적이 아침식사를 거른다고 응답한 학생들의 성적보다 20점가량 높은 것으로 나타났습니다.

아침식사를 뜻하는 영어 단어 'Breakfast'는 '공복(fast)을 깨다

(break)'라는 의미로 전날 저녁식사 후 12시간이 지나면 뇌의 주요 에너지원인 포도당이 대부분 소비되어 남아있지 않은 과학적 근거에 비추어서도 아침식사의 필요성을 잘 표현합니다.

우리 몸의 무게 중 뇌의 무게는 약 5% 정도이지만, 뇌에서 소비되는 에너지양은 몸 전체 에너지양의 약 20%를 넘습니다.

원활한 뇌 기능을 위해서는 에너지원인 포도당을 지속적으로 공급해 주어야 하지만, 한 교육업체의 조사에 따르면, 전국의 초등학생 8,810명 중 38.2%의 아이들은 '아침을 꼭 챙겨 먹지는 않는다.'라고 응답하였고, '국민건강영양조사'에 따르면 아침을 먹지 않고 하루를 시작하는 아이들은 해마다 증가한다고 합니다.

아침을 먹으면 밥의 포도당은 뇌 활동의 에너지원이 되고, 육류에 들어 있는 철분은 뇌로 산소를 운반합니다. 뇌세포의 35%를 차지하는 단백질은 아이들의 사고력 및 기억력과 매우 관련성이 높고,

특히 식물성 단백질은 불포화 지방산을 함유해 몸에 유익합니다. 생선에 함유된 지방산은 뇌세포의 60%를 구성하여 두뇌활동을 원활하게 하고 집중력을 향상시키며 EPA, DHA는 몸 안의 나쁜 콜레스테롤을 녹여 뇌혈관 기능을 강화하고 혈압을 낮춰줍니다.

또, 과일과 채소, 생선 등에 풍부한 비타민과 무기질은 뇌의 신경 활동과 정신건강과 밀접한 관계가 있습니다. 비타민 A는 시력과 피로해소, 비타민 E는 지구력에 도움을 주며, 칼슘은 기억력과 집중력을

강화시킵니다. 그 밖에 두뇌 기능에 도움이 되는 음식은 아래와 같습니다.

■ 두뇌에 좋은 음식

음식	효능
호두	불포화지방산이 풍부해 뇌신경 세포의 파괴를 막고 세포 성장을 도와 인지능력, 기억력을 향상시킨다.
굴	비타민 B, DHA, 아미노산, 타우린 등이 풍부해 뇌기능과 인지능력을 향상시킨다.
검은깨	레시틴 성분이 풍부해 건망증 완화, 기억력 및 뇌기능 향상에 도움을 준다.
연어	오메가3가 풍부해 건망증 완화, 기억력 및 뇌기능 향상에 도움을 주며, 함암효과가 있다.
계란	콜린과 레시틴 성분이 풍부해 두뇌 발달과 집중력 향상, 면역력 향상에 도움을 준다.
꿀	뇌에 포도당을 공급하여 두뇌회전을 활발하게 일켜, 집중력이 떨어지거나 시험을 앞두었을 때 꿀물을 마시면 좋다.
오미자	머리를 맑게 하고 기억력을 향상시켜, 오미자를 넣고 끓인 물을 꾸준히 마시면 좋다.
포도	안토시아닌, 카테킨, 플라보놀 등의 성분이 풍부하여 활성산소를 제거하는 효과가 있으며, 뇌 손상 및 신경세포를 보호하고 뇌 혈액순환을 원활하게 한다.
귤, 오렌지	비타민 C가 풍부해 뇌에 독성 플라크가 축적되는 것을 막고, 뇌기능 및 기억력 향상에 도움을 준다.
항산화 음식	사과, 바나나, 블루베리, 딸기, 키위 등 항산화 성분이 풍부한 과일은 뇌 건강에 좋다.

■ 출처 : 경산의료재단

아침식사를 건너뛰면 몸속의 혈당량이 부족해져 피곤해지고, 집중력과 사고력도 낮아져 학습활동에 지장을 줄 수 있습니다. 만약 바빠서 아침밥을 먹을 시간이 없다면 간편하게 먹을 수 있는 달걀, 빵, 시리얼 등으로라도 가급적 결식하지 않는 것이 중요합니다.

일어나자마자 아침을 먹으라면 먹기 싫을 수 있으므로 기상시간을 30분 정도 앞당겨서 스스로 침대와 방 정리를 하고 오늘 공부할 과목을 체크하는 등의 가벼운 활동을 한 뒤, 아침밥을 먹게 하면 거부감이 덜할 수 있습니다.

아이와 함께 일주일 식단을 미리 짜서 냉장고 등에 보이도록 붙여두어도 좋습니다. 전날 다음날 메뉴를 미리 확인하고, 추가하고 싶은 재료나 먹고 싶은 메뉴에 대해서 의견을 나누면서 더 맛있는 식사를 즐길 수 있습니다.

이렇게 아침 먹는 습관이 형성되면 식사 시간까지 고려해 자연스럽게 좀 더 일찍 일어나게 되겠지요. 그만큼 하루를 더 여유롭게 보낼 수 있으며 아이 스스로 시간 관리를 하는 데 도움이 될 수 있습니다.

하루 활동을 시작하기에 앞서 규칙적인 아침식사와 균형 잡힌 식단, 천천히 적게 먹고 많이 씹는 습관을 들이면 이는 평생 아이의 생활리듬이 될 수 있는데, 여유롭고 건강한 삶을 위해서도 중요한 요소입니다.

음식을 씹는 습관은 어릴 때부터 중요한데, 음식을 최소한 30번 이상 천천히 꼭꼭 씹어야 타액이 잘 분비되고 먹은 음식물도 소화가 잘됩니다. 이것이 뇌 중추를 자극하여 기분을 좋게 만드는 도파민을 분비시킨다고 합니다.

「천재아이로 키우는 두뇌훈련」의 저자이자 미국과학학회에서 위대한 과학자로 선정된 나카마츠 요시로 박사는 "나날의 음식이 뇌의 질을 결정한다."라고 말합니다. 이렇듯 일상생활 속에서 뇌에 좋은 습관은 특별한 것이 아닌 매일 먹는 음식과 운동, 수면습관과 관련이 깊습니다.

앞서 잠깐 언급했듯, 아침식사를 하는 습관은 수면 습관과 직결됩니다. 예를 들어 전날 늦게 자면 다음 날 일어나는 것도 힘들고, 늦게 일어나 밥 먹을 시간을 놓칠 것입니다.

따라서 늦게 자는 버릇 역시 고쳐야 합니다. 많은 연구에 의하면 규칙적인 식사습관이 아이 스스로 행동을 통제하고 평가하며 결정하는 자기조절 능력과 관련성이 매우 높다고 합니다.

하루 식사량은 백분율로 환산했을 때 아침은 30%, 점심은 50%, 저녁은 20%의 비율로 먹는 것이 신체 리듬에 가장 좋으며 점심식사를 하고 2시간 후에 간식을 적절히 챙겨주면 좋습니다. 아이의 건강함은 밥상 위에서부터 시작됩니다.

08 : 아이의 성격유형에 따라 학습 방법도 달라진다

만약 왼손잡이 아이에게 "이제부터 오른손을 사용해라."라고 강요한다면 익숙하지 않아 많이 힘들고 괴로울 것입니다. 아이들의 외모가 다르듯 성격과 행동양식 또한 제각각 다르고 그에 따라 궁합에 맞는 공부 방법도 달라집니다.

몸을 움직이며 소리 내어 공부하길 좋아하는 아이에게 "의자에 차분히 앉아서 공부해라."라고 말한다면 얼마 안 가 공부가 지루해지고 앉아있는 시간이 지옥 같을 것입니다. 반면에 눈으로 글자를 보며 조용한 분위기에서 공부하는 것을 좋아하는 아이도 있습니다.

또 낯을 안 가리고 명랑해 쉽게 친구를 사귀지만, 성격이 덜렁대 소지품을 잘 분실하고 제출할 과제를 자주 까먹는 아이에게 "필기 좀 꼼꼼히 해라.", "이제부터 노트 검사할 거야."라고 단호하게 말한다고 해도 여전히 필기하는 걸 제일 싫어할 것입니다.

'성격 이론'의 세계적 권위자인 데이비드 커시(David Keirsey)와 학습

행동에 관한 다이앤 히콕스(Diane Heacox)의 연구를 바탕으로 성격특성별 학습유형을 살펴보지요.

아이의 성격특성별 학습유형과 학습전략

① 행동형 아이

'행동형' 아이는 경쟁적이고 상황판단을 잘하며 순발력이 뛰어나고 솔직합니다. 두뇌 회전이 빠르고 스케일이 크며 대인관계가 좋고 의리가 있습니다. 직접 감각적으로 체험하는 학습을 선호하며 리더십이 강하고 통제받는 것을 싫어합니다.

행동형 아이를 둔 부모는 공부를 강요하기보다는 자녀에 대한 믿음을 갖고 여유로운 마음으로 기다려 주어야 합니다. 따라서 스스로 공부하는 방법을 터득하도록 성공한 사람들과의 관계 폭을 넓혀주는 것이 좋습니다.

다른 학습유형에 비해서는 참을성이 부족하기 때문에 지속적인 공부를 위해 도달 목표를 소단원별로 잘게 나누어 짧은 시간에 집중해서 공부하게 하고 시간 계획을 잘 세워 사흘에 한 번씩 '작심삼일'을 이어가게 해야 합니다.

모르는 내용은 주변 사람에게 물어보거나 찾아보는 등 세부적인 확인이 중요함을 꼭 강조해, 끝까지 정보를 듣고 움직이도록 합니다. 노트 필기한 것은 한곳에 모아서 보관할 수 있게 습관화시켜주고, 아이의 행동을 컨트롤할 수 있는 목표와 보상을 반드시 제시합니다.

② 규범형 아이

'규범형' 아이는 단계적이며 완벽주의자입니다. 어른이나 교사로부터 인정받기 위해 시키는 대로 잘 따라 하며 실제로 어른들로부터 칭찬을 많이 받는 성실한 모범생입니다. 정해진 계획에 따라 공부하기를 선호하며 책상은 항상 잘 정돈돼 있고 좀처럼 힘들다는 말을 하지 않습니다.

교사와 학생 간의 상하관계가 분명한 수업 분위기를 선호하고 실수하면 다른 유형에 비해 좌절감을 크게 느낍니다. 목표와 계획을 너무 높게 잡아 좌절감을 경험하는 일이 없도록 하고, 결과보다는 과정을 중요시하면서 노력을 칭찬해 줍니다. 평소 "넌 글씨를 참 잘 쓰는구나!" 등 아이의 장점을 자주 칭찬해 아이가 존중받는다고 느끼게 해주어야 합니다.

규범형 아이를 둔 부모는 아이가 처음 공부하는 내용이라면 순차적이고 단계별로, 조금씩 차근차근 익히도록 지도하는 것이 좋습니다.

예를 들어, 공부 전에는 전체적인 내용을 먼저 확인하게 하고, 아이가 자신의 공부 상태를 지속적으로 체크하며, 규칙적인 생활패턴과 컨디션을 일정하게 유지하게 하는 등 단계적인 준비과정을 익히게 합니다.

과목별로 효과적이고 성공적인 공부 방법을 가르쳐 주어도 좋습니다. 코넬 노트 필기법 등의 필기 정리기법, 축약어나 기호 활용방법 등을 알려주어서 집중력을 높일 수 있는 공부 환경을 만들어 줍니다.

③ 탐구형 아이

'탐구형' 아이는 지식 습득에 대한 갈망이 강하며 자아도 강한 편에 속합니다. 자신이 관심 있는 분야는 밤을 새울 정도로 집중하며 열심이지만 특별히 좋아하지 않으면 쉽게 흥미를 잃습니다. 고급 과학이나 수학 같은 어려운 분야도, 좋아하면 초등학생 이상의 깊은 관심사를 추구하며 자신만의 방식으로 혼자 공부하는 경향이 있습니다.

또한, 머릿속으로 온갖 고차원적인 생각을 하면서도 겉으로는 잘 드러나지 않아서 무슨 생각을 하는지 모를 수 있습니다. 탐구형 아이를 둔 부모는 아이가 바다처럼 깊은 생각을 하며 나중에 큰 인물이 될 것이라고 기대하고 방향을 제시해 주어야 합니다.

또 친구들과 단체로 공부하는 학원보다는 소수 그룹학원이나 전문 과외를 선택하는 것이 좋습니다. 호기심이 많아서 궁금한 것이 있으면 계속 질문을 퍼붓기 때문에 자칫 아이가 쓸데없는 질문을 많이 한다고 생각할 수 있지만, 마음 놓고 질문하도록 허용해야 합니다. 탐구형의 경우 관심 분야에 자부심이 강해 과한 칭찬은 오히려 아이의 자존심을 상하게 할 수 있습니다.

탐구형 아이는 또래들과는 대화가 잘 안 통하는 경우가 많아 또래에 무관심하기 때문에 나이 차이가 좀 있으면서 아이의 생각을 알아주는 전문 멘토가 곁에 있으면 좋습니다.

탐구형 아이에게는 노트 필기보다는 습관적인 메모를 권장합니다. 다른 사람의 말을 끝까지 듣고 핵심정보를 정리하려는 노력이 필요하며, 관심 없는 분야더라도 열심히 공부해야 한다는 사실을 이해시킬 필요가 있습니다.

전 과목에 대한 중요성뿐 아니라, 객관성과 정확성에 대해 제대로 인식하는 훈련도 필요합니다. 주어진 상황에서 우선순위를 정하고 한 가지 내용에 대한 완전한 이해를 학습단위로 삼는 훈련이 필요하며, 그러기 위해서는 아이의 호기심을 자극해야 합니다.

④ 이상형 아이

마지막은 '이상형' 아이의 학습유형입니다. 이상형 아이는 상상력과 감수성이 풍부하고 다른 유형에 비해 주변 사람들로부터 인정받는 것을 좋아합니다. 친구나 교사가 자기를 알아주고 이해해 줄 때 가장 기뻐합니다. 상대방의 상황에 감정이입을 잘하고 표현력이 풍부하여 주변 사람과 친하게 지내는 경우가 많습니다.

마음이 여리고 따뜻하여 자신이 피해를 보아도 참고 상대방을 용서하며 기다려 주는 마음을 가지고 있습니다. 이상형 아이를 둔 부모는 아이가 스스로 창의적인 상상력을 발휘할 기회를 제공해 주며, 또래 아이들과 함께 놀면서 민주적으로 선의의 경쟁을 하도록 유도하는 것이 좋습니다.

작은 일에도 칭찬을 통해 편안한 분위기를 조성하고, 공부는 친한 사람들과 소집단을 형성하여 편안한 분위기에서 하게 하는 것이 좋습니다.

이상형 아이의 경우 만약 어떤 문제로 걱정거리가 생기면, 문제가 해결되어야 공부를 재개할 수 있습니다. 고민이 있으면 옆에서 들어주는 것만으로 아이의 기분이 좋아지므로 많이 들어주는 것이 좋습니다.

노트 필기를 할 때는 중요도를 선별하는 훈련과 영역별, 단계별로 다양한 예시를 통해 정리하는 방법을 익히는 등 핵심내용을 찾아내게 하는 연습이 필요합니다. 이해되지 않거나 모르는 내용은 질문하도록 하고, 우선순위를 두어 중요한 일을 먼저 실행하는 습관을 기르게 하며, 참고자료보다는 먼저 교과 내용을 완전히 익히도록 합니다.

내 아이의 학습유형을 알기 위해서는
아이의 성격과 특성을 아는 일이 먼저입니다.
공감 어린 대화와 칭찬과 격려를
바탕으로 쌓은 신뢰 관계를 통해 DIY 능력이
뛰어난 아이로 키워가세요.

스스로 공부하는 아이로
키우는 법

언택트시대의 초등공부,
DIY가 답이다

초판인쇄	2021년 05월 06일
초판발행	2021년 05월 13일

지은이	우영식 · 임영재
발행인	조현수
펴낸곳	도서출판 프로방스
마케팅	최관호
IT 마케팅	조용재 백소영
교정교열	권 표
디자인 디렉터	오종국 Design CREO

ADD	경기도 고양시 일산동구 백석2동 1301-2
	넥스빌오피스텔 704호
전화	031-925-5366~7
팩스	031-925-5368
이메일	provence70@naver.com
등록번호	제2016-000126호
등록	2016년 06월 23일

정가 15,800원
ISBN 979-11-6480-132-9 03810

파본은 구입처나 본사에서 교환해드립니다.

혼자서
공부하지 못하면
아무것도
못 하는 시대가 온다